KB056732

아무도 없는 곳에

아무도 없는 곳에

초판 1쇄 발행 • 2018년 7월 16일

지은이 • 김경숙
펴낸이 • 황규관

펴낸곳 • 도서출판 삶창
출판등록 • 2010년 11월 30일 제2010-000168호
주소 • 04149 서울시 마포구 대흥로 84-6, 302호
전화 • 02-848-3097
팩스 • 02-848-3094
홈페이지 • www.samchang.or.kr

종이 • 대현지류
인쇄제책 • 스크린그래픽

ⓒ김경숙, 2018
ISBN 978-89-6655-098-2 03810

* 이 책은 서울문화재단 지원을 받아 발간되었습니다.
* 이 책 내용의 전부 또는 일부를 재사용하려면 반드시 지은이와 삶창 양측의 동의를 받아야 합니다.
* 책값은 뒤표지에 표시되어 있습니다.

아무도 없는 곳에

김경숙 소설집

삶창

작가의 말

늘 잠에 취해 있었다. 사람들은 나보고 왜 그렇게 잠이 많으냐고 물었다. 그랬다. 나는 늘 잠만 잤다. 딱히 아무 일에도 흥미가 없었다. 그것을 무기력증이라고 할 수 있을까.

내가 글에 관심을 갖게 된 것은 우연한 기회에 문학 강좌를 듣고 나서부터였다. 그날 이후 나는 매일 도서관으로 갔다. 개나리가 지고 난 다음에야 봄인줄 알았고 부슬부슬 비가 잦아 여름이 아닌 가을이 온줄 알았다. 나의 계절은 책으로 시작해서 책으로 흘러갔다. 쓴 글을 고치고 또 고쳤다. 어느 외국 작가가 '아무도 대령에게 편지하지 않다'라는 문장을 마흔일곱 번 고쳤다는 말에 힘을 얻어 쓰고 고치는 것으로 시간을 채웠다. 때로는 고독하게 때로는 외롭게.

책이란 내게 변하지 않는 우정이었다. 나는 변하지 않는 것을 쓰고 싶었다. 그리고 내 우정은 대화를 하듯이 내가 긴 잠을 자는 동안 묵묵히 기다려주었다. 마치 상대가 듣고 싶을 때까지 기다려주는 말처럼.

'작가의 말'이 낯설게 다가온다. 몇 줄 안 되는 이 글이 소설을 쓸 때보다 더 힘이 든다. 내가 이 글을 쓰게 된 동기는,이라고 쓰다가 지운다. 나는 매일 이렇게 읽으며 썼다,라고 쓰다가 지운다. 작가의 말을 보들레르 시구로 대신할 수 있을까.

'취하라. 그대 원하는 것에.'

나는 많은 책에 취했고 이제, 글을 쓰고 싶다.

2018년 5월

차례

아무도
없는
곳에

아무도
없는
곳에

뼈대만 앙상한 집은 흉물스러웠다. 굶주린 개는 동냥밥마저 먹을 수 없어 꿩을 잡기 위해 놓아둔 싸이나를 먹고 죽었다. 닭은 주둥이를 뾰족이 세우고 하루살이가 달라붙은 개의 내장을 쪼아 먹었다. 당산나무 아래에는 다리 공사가 한창이었다. 산책로를 내는 개울 길에는 인부들이 꽃과 초목을 심었다. 용도 변경을 거쳐 논 한가운데 들어선 아파트 건축물은 일차 공사가 마무리되었다. 하천에선 굴착기와 포클레인이 질서 없이 움직였다. 현장사무소인 컨테이너 앞에는 트럭 한 대가 새시와 합판 등을 실어 나르고 앙상하게 세워진 구조물에서는 쇠파이프 소리가 요란하게 울렸다. 담배 가게에는 대낮인데도 등롱이 불이 켜진 채 걸려 있었다.

깜박 꿈을 꿨다. 산이 활활 타오르는 꿈이었다. 노파는 화들짝 놀라 눈을 떴다. 간장과 된장이 담긴 장독 뚜껑 위에 빗물이 흥건했다. 추적추적 가을비는 일손을 붙들었다. 여름 가뭄 때 풀뿌리가 벋어져 맨흙을 보이던 개천에 개울물이 차기 시작했다.

"비가 내리니 단단한 흙이 물찌똥 같네."

노파는 혼잣말을 했다. 밭뙈기에 깨와 콩이 드러누워 있었다. 해 좋으면 들어내어 멀쩡한 것 반만이라도 가려내고 싶었다. 가을 추수에 약이라도 올리듯 추적추적 여러 날 가랑비가 내렸다.

"비라도 왔으니 그 불이 멈췄지."

야속한 비지만 고마운 비라고 노파는 생각했다. 노파는 마루에 웅크리고 앉아 팔을 뻗어 비의 양을 손바닥의 감촉으로 가늠해보았다. 다른 한 손은 엉덩이를 득득 긁어댔다. 미역 가닥처럼 늘어진 빨래에선 곰팡내가 나고 비를 피해 들어온 날벌레들 때문에 물것이 생겨서 이곳저곳이 가려웠다. 마루 밑에서 개똥이가 풍기는 노린내는 눅눅한 습기와 섞여 역했다. 노파는 허리를 짚고 일어나 개울을 바라봤다. 잔돌이 보이던 얕은 개울물이 흙탕물로 변해 넘실거렸다. 물이 불기 전에 얼른 다녀와야 했다. 시내로 나가는 길에 버스정류장 담배 가게 할머니도 들여다봐야겠다고 노파는 생각했다. 대소변을 가리지 못하고 누워 지낸 지 여러 달이 되었지만 가보질 못했다. 어미 없는 간이를 돌보느라 시간이 나지 않아서였다. 간이 어미마저 집을 나가고 없자 혼자 해야 할 일들이 많았다.

아들 제사에 쓸 찰무리떡을 시내 떡집에 맡겼다. 아들은 생전에 찰무리떡을 좋아했다. 집에 불이 나지 않았더라면 직접 찰무리떡을 시루에 쪘을 것이다. 찹쌀을 빻아 서리태, 대추,

밤, 단호박, 콩, 설탕을 넣고 버무린 후 견과류와 과일을 사이사이에 넣고 쌓은 다음 떡이 잘 익으면 참기름을 살짝 바르면 되었다. 김이 모락모락 나고 윤기가 자르르 흐르는 찰무리떡을 아들은 앉은자리에서 몇 개씩 먹곤 했었다. 찰무리떡을 제사상에 올린 지도 삼십오 년째다. 당산마을에 들어와 농사를 짓기 시작한 데는 손수 지은 농작물로 아들 제사 음식을 차리고 싶어서였다. 그런데 알곡만 보관해둔 광이 불타버렸다. 불이 난 후 영감은 잠만 자고 있다. 이마가 불가마처럼 뜨겁다. 영감의 벌어진 입속에서 더운 입김이 새어 나왔다. 간이는 영감 곁에 엎드려 몸을 굴리며 놀고 있었다. 노파는 간이 궁둥이를 토닥이고 나와 문구멍으로 손가락을 집어넣어 문고리를 걸었다. 문이 잘 잠겼는지 흔들어보았다. 안에서 잠긴 문이라 해도 영감이 일어나야만 열 수 있었다. 개울이 집 앞이라 간이의 안전을 위한 결정이었다. 노파는 문밖에서 다짐하듯 말했다.

"할미, 금방 갔다 올게."

대가 구부러진 우산이 마루 밑에 구르고 있었다. 노파는 우산을 펼쳤다. 가는 쇠로 만든 살이 구부러져 잘 펼쳐지지 않았다. 노파는 우산으로 작대기 후리는 시늉을 하며 개똥이를 꾸짖었다.

"저놈의 주둥이 때문에 성한 것 하나 없네."

개똥이는 꼬리를 말고 자리를 옮겨 앉았다. 노파는 역한 냄새를 참느라 얼굴에 주름을 만들고 걸레로 우산의 먼지를 닦아냈다. 휘어진 우산 뼈대는 앙상한 노파의 등을 닮았다. 짱짱하게 펴서 제 모습을 갖춰보려 했지만, 이미 휘어버린 우산살은 도로 구부러졌다.

승객이 없으면 마을버스는 들어오지 않았다. 빈 차로 왔다가 빈 차로 다니던 버스가 당산마을의 노인들이 하나둘 소천하고 없자 그마저도 오가지 않았다. 허탕을 치더라도 나가봐야 했다. 마을버스는 당산나무 다리에서 기다리면 됐다. 담배 가게 할머니 가게가 그곳에 있다. 담배 가게 할머니는 가게 안 쪽문을 활짝 열어놓고 편의점의 주인처럼 방문턱에 걸터앉아 물건값을 받았다. 담배 가게 할머니를 들여다보는 것은 다음으로 미루어야 했다. 오랜만에 가서 금방 일어나면 서운해할 것이다. 비도 온 데다 아들 제삿날이라 바쁘다고 하면 되겠지만 아픈 사람을 두고 바로 일어나기가 쉽지 않을 일이었다. 마음이 조급하니 몸마저 허둥거려졌다. 그래서일까, 돌길은 미끈거렸고 진흙 길은 발을 잡고 늘어졌다. 억새는 젖은 옷을 스치며 난도질을 해댔다. 빗물이 머릿결에 젖어들어 이마를 타고 눈을 적셨다. 노파가 옷소매로 눈을 훔쳐 닦아내자 마치 빗물 때문에 보이지 않던 것이 보이는 것같이 진흙물을 일구며 버스가 다가와 멎었다. 노파는 발을 잦게 떼며 바쁘게 걸어 차에 올랐다. 버스에는 운전기사와 젊은 부부 승객이 타고 있었다. 텅 빈 버스 안에 한기가 감돌아 노파의 혀는 돌돌 말리고 턱이 부딪혔다. 옷에 젖어 든 가랑비는 생각보다 찼다.

마을버스가 막 개울 다리를 지날 때 버스가 기우뚱했다. 다리 길이가 짧아서 눈 깜짝할 사이에 지나왔기 때문에 빗물 탓이려니 생각했을 뿐인데 젊은 남자 승객이 기사에게 물었다.

"아저씨, 버스가 다녀도 되는 다린가요?"

자세히 보니 본 적이 있는 얼굴이었다. 당산마을에는 언제부턴가 낯선 사람들이 들어와 살았다. 빈집을 헐고 새롭게 집을 꾸며 전에 살던 사람의 흔적은 물론이고 집이 몰라보게 변하여 그 허름했던 집이 그렇게 넓고 좋은 경치에 자리 잡고 있었는지 새삼 감탄하게 했다. 낯선 사람들은 먼발치에서만 바라볼 수 있었다. 농사일은 하지 않았으나 늘 분주하게 오갔다. 집을 비우고 한동안 보이지 않을 때도 있었다. 낯선 사람들은 누가 주인이고 누가 방문객인지, 주말이면 모여들어 밤이면 고기 굽는 냄새를 풍기다가 다음 날이면 빈집처럼 고요해졌다.

"이래 죽으나 저래 죽으나요."

기사는 승객의 질문을 가볍게 받아넘기며 백미러를 통해 남자 승객을 바라봤다. 기사는 팔뚝에 안전이라는 안장을 차고 노란색 유니폼을 입고 있었다. 남자 승객은 걱정된다는 표정을 거두지 못하고 재차 질문했다.

"이 버스 무게가 얼마나 나갑니까?"

"글쎄요. 한 십 톤 남짓 나가지 않을까요?"

"상당한 무겐데요."

기사는 조금 전 가볍게 대답하던 표정과는 사뭇 다른 표정으로 농촌의 현실을 늘어놓기 시작했다.

"이처럼 백 미터가 되지 않는 작은 교량은 법정 도로로도 포함이 안 됩니다. 그래서 주민의 건의가 없으면 점검조차 이뤄지지 않는 경우가 대부분이죠. 또 주민이라 해봤자 노인들뿐이고 그나마도 남아 있는 분들이 없으니 시골 마을의 소하천 다리는 관리 사각지댑니다. 사고 위험을 안은 채 방치되고 있죠."

"이 정도 물이 소하천이라뇨?"

"그러게 말입니다. 걱정되시면 직접 민원을 넣어보시던가요."

"저는 귀농인이라…."

"귀농인은 뭐 주민 아니고 손님인가요?"

습기 찬 유리창에 젊은 승객 부부의 모습이 비쳤다. 젊은 승객 부부는 간이 아비와 어미의 나이쯤 되어 보였다. 게으른 간이 아비는 간이 어미가 떠나자 번민하느라 심성조차 돌아앉아 있다가 말도 없이 시골을 떠났다.

어린 것도 자신의 처지가 슬펐던지 잠투정이 심했다. 영감은 오야 오야, 하며 간이를 끌어 올려 안았다. 허깨비처럼 가벼운 간이를 영감은 요리조리 흔들었다. 간이는 영감 가슴에 얼굴을 비비며 닭똥 같은 눈물을 떨어뜨렸다. 벗겨진 신발 한 짝은 아궁이 옆에 뒹굴고 다른 한 짝은 개똥이가 물어뜯고 있었다. 영감이 개똥이를 발로 슬쩍슬쩍 건드리며 넥, 하자 개똥이가 일어나 꼬리와 귀를 만 채 마루 밑으로 숨었다. 간이는 계속 잠투정을 했다.

"뭐 없어?"

영감은 역정 섞인 소리를 질렀다. 배가 고파 잠투정하는 것이니 먹을 것을 빨리 내오라는 다그침이었다.

"내 몸이 열 개요?"

마음과 달리 노파는 노파대로 역정 섞인 대답이 나왔다. 간이는 배만 부르면 종일 영감을 졸졸 따라다니며 고사리 같은 손으로 이것저것 만져대며 이것은 꽃, 저것은 나비, 하며 알려주지도 않은 이름을 용하게도 알아맞히곤 했다. 종일 볕에 놀던 간이는 숯검정이 된 손으로 눈을 비볐고 영감은 칭얼대는 간이의 등을 애정을 담아 쓸어주었다. 젖을 뗐다 하여도 엄마젖이 그리운 나이였다. 노파가 뜨거운 전복죽을 내와 평상 위에 놓고 식힐 때 간이가 합지 꾸꾸, 하며 졸린 눈을 영감 가슴팍에 비비며 손가락으로 닭을 가리켰다. 닭은 발로 마당의 흙을 파헤치고 있었다. 영감은 구구, 하며 간이를 안고 닭에게 다가갔다. 간이가 신이 나서 손바닥을 마주치자 닭은 화들짝 놀라며 평상 위로 날아올랐다. 그것을 보고 개똥이가 마루 밑에서 급작스럽게 튀어나오자 닭이 놀라 꼬꼬댁대며 퍼덕거렸다. 그 바람에 막 담아내온 전복죽이 엎질러지고 말았다. 노파는 오살 맞을 것들, 하며 새된 소리를 질렀다. 영감은 자신에게 하는 말 같았는지 괜스레 역정이 났다. 망할 할망구, 하며 영감은 눈까지 흘겼다. 가엾은 간이 기분 맞추려다 그런 것 가지고 욕까지 하다니. 영감은 넋이 나간 듯 있다가도 간이 일이라면 심기가 짱짱했다.

"뭐 해?"

죽을 다시 끓여 내오라는 영감의 성화였다. 영감이 소리를 지르는 통에 간이는 놀라 영감 옷자락에 얼굴을 파묻고 울기 시작했다.

"자식 잡아먹은 아비가 뭘 잘했다고 큰소리요."

노파도 질세라 대거리를 쳤다. 간이 아비가 집을 나갔기 때문에 노파의 속은 속이 아니었다. 영감은 엎어진 죽 그릇을 있는 힘껏 발로 찼다. 전에 없던 일이었다. 이제 제발 그 말만은 그만할 때도 되지 않았소,라는 항변 같았다. 삼십오 년 동안 농사를 짓고 그 농작물로 죽은 아들의 제사를 지낼 때마다 한 번도 빠지지 않고 들어왔던 말이다.

간이 아비가 집을 나간 날 산불이 났다. 쇠죽솥에 넣어둔 싸리나무가 요란한 소리를 내며 타고 있었다. 싸릿대에서 톡톡 소리가 날 때마다 불꽃이 쇠죽솥 밖으로 튕겨 나왔다. 노파는 닭의 방정 때문에, 개똥이의 짖어대는 호들갑 때문에 자식을 죽인 영감을 원망하느라 불이 옮겨붙고 있는 줄도 알지 못했다. 영감은 왜 자식을 죽여놓고 넋이 나간 척만 하는지. 현실을 외면하는 것인지. 그렇다고 외면이 되는 것인지. 노파는 모든 것이 원망스러워 애먼 곳에 화풀이라도 하듯 신고 있던 신발을 벗어 개와 닭을 향해 던졌다. 개와 닭은 화들짝 놀라 달아나고 어디선가 나무 타는 향내가 진하게 났다. 쇠죽을 끓이던 아궁이의 불이 광 쪽으로 번지고 있는 것을 그제야 알아챘다. 바람이 일자 불은 바람을 타고 잡풀이 무성한 뒤란으로 옮겨붙었다.

"불, 불이야!"

다리가 후들거렸고 소리는 입안에서만 맴돌았다. 노파는 두 팔을 휘저었다. 영감은 몽유병 환자같이 뻣뻣하게 선 채 간이를 안고 있었다. 노파는 광으로 달려갔다. 허둥댈 뿐 고작 가지고 나온 것이라곤 깨와 콩 자루였다. 이것저것 가릴 것 없이 눈에 보이는 대로 들고 나오다 보니 보이는 것만 생각나는 것이었다. 불은 산꼭대기까지 타올랐다.

"엄마?"

간이의 목소리가 환청처럼 새어 나왔다. 간이는 영감의 품에서 빠져나와 불꽃을 따라가려 했고 어미는 불꽃이 되어 꺼질 듯 필 듯 날았다. 어미는 잡힐 듯 멀어지고 멀어진 듯하다 다가왔다. 붉어질 대로 붉어진 산은 단풍잎이 불꽃인지 불꽃이 단풍잎인지 모르게 타올랐다.

"합지?"

꿈에서인지 현실에서인지 간이의 목소리를 듣고 노파는 자다가 일어난 사람처럼 정신이 들었다.

다행히 안채는 온전했다. 바람이 불길을 산으로 몰고 갔기 때문이다. 광은 숯검정이 된 채 형체만 남았다.

면사무소 직원이 다녀가고 군청 관계자가 다녀가고 산림관리 담당 공무원이 찾아왔다. 영감은 기억을 잊어버린 표정을 하고 있었다. 노파는 영감에게 따져 묻고 싶었다. 왜 영감은 매번 기억을 잊어버린 표정만 짓고 있냐고. 기억을 잊어버린 것인지 기억하고 싶지 않은 것인지. 기억이 두려워 도망치는 것인지. 아들이 죽었을 때도 그러더니 지금도 그러냐고. 노파는 긴 호흡을 한숨처럼 내뱉고 개똥이와 놀고 있는 간이를 바라봤다. 간이는 막대기로 실개천 웅덩이를 파고 있었다. 실개천만 한 물줄기가 산을 타고 내려와 마당을 지나 논둑까지 이어진 도랑이 되었다. 간이의 얼굴에 햇살이 쏟아지고 있었다. 개똥이는 간이 곁에 달라붙어 꼬리를 살랑살랑 흔들며 더운 혀로 간이의 발가락을 핥다가 허벅지를 핥았다. 간이는 간지러운지 개똥이를 밀쳤다. 개똥이는 더욱 드세게 얼굴까지 핥았다. 노파는 간이를 바라보며, 근게, 하고 말을 시작했다. 말을 시작할 때마다 하는 노파의 버릇이었다. 노파는 말주변이 없는데 하고 싶은 말은 너무 많았다. 때문에 무슨 말부터 어떻게 해야 할지 가닥을 잡지 못했다.

"근게, 간이는 아비어미가 없는 내 칠대 독자요. 간이 아비는 육대 독자고 내 아들은 오대 독자요. 간이 아비는 내 손자고 간이는 내 증손자요. 간이 아비도 부모 없이 자랐소. 내 오대 독자가 죽고 없기 때문이요. 내 아들 오대 독자는 이십오 년 전에 죽었소."

노파는 거기까지 말을 내뱉듯 한 다음 가쁜 숨을 몰아쉬었다. 두서없는 말들이 가슴을 뚫고 입 밖으로 쏟아져 나왔다. 공무원이 말을 잘랐다. 무슨 말을 하는지 알아들을 수도 없었을 뿐더러 노파의 말을 듣는 편보다 먼저 찾아온 용건을 말하는 게 대화가 빠르겠다고 판단했는지,

"할머니, 나무 한 그루 값이 얼만지 아세요? 어떻게 다 배상하실 거예요?"

공무원은 귀가 먹은 노파에게 말하듯 큰 소리로 말했다.

"이것이 내 잘못만이오?"

"뭐라구요?"

공무원은 노파가 실성한 것은 아닌지 노파를 바라봤다. 노

파의 말을 정작 알아듣지 못한 쪽은 공무원이었다. 공무원은 불을 내서 문제라고 말했지만, 노파는 아들이 죽은 날부터 문제는 시작되었다고 말했다. 아들이 죽지 않았다면 간이 아비가 그렇게 자라지 않았을 것이고 그렇게 자라지 않았다면 간이 어미가 말도 없이 나가지 않았을 것이고 간이 어미가 나가지 않았다면 간이 아비도 집을 나가는 일은 없었을 것이다. 간이 아비가 집을 나갔기 때문에 간이가 울었다. 간이가 울었기 때문에 영감과 노파는 속상한 나머지 불이 나는 줄도 모르고 투덕거렸다. 그렇지만 노파의 생각은 말로 잘 표현되지 않았다.

"근게, 저 영감이 쇠죽을 끓이는디 우리 간이가 웁디다. 우리 간이가 칠대 독자요. 육대 독자는 간이 아빈디 집을 나갔소. 왜 나갔냐 허먼은 내가 얼러 키워서 그라요. 아비어미도 없어서 가여버서 얼러 키웠소."

"할머니."

공무원이 또 말을 자르려 하자 노파는 공무원에게 말할 틈을 주지 않으려고 서둘러 말을 이었다.

"어떻게 불이 났냐먼은 내 육대 독자 간이 아비가 집을 나가서 그러요. 그날따라 간이가 울고 닭하고 개가 와서 죽을 쏟고…."

"할머니, 독자 얘기는 그만하시구요. 나라 산림을 파괴한

죄가 얼마나 큰지 아세요?"

노파는 솟는 울분을 막으려고 가슴을 누르며 부걱부걱 말했다.

"내 칠대 독자가 울고 내 육대 독자가 집을 나갔소. 이 모든 것이 내 아들 오대 독자가 죽어서 그라요. 어째서 내 아들의 죽음을 책임지려 하는 사람은 하나도 없다요?"

격분되어 두서없이 떠벌리던 노파의 말을 제지하기라도 하듯 남자 승객의 목소리가 환청처럼 들렸다.

"저 산에 나는 연기가 산불 같기도 하고 안개 같기도 하네요."

노파는 하던 생각을 멈추고 창밖으로 고개를 돌렸다. 산에서 연기가 피어오르고 있었다. 산불이 아직 덜 꺼진 모양이었다. 모락모락 올라오는 연기가 안개 같았다.

"산불 예방과 환경 정화 활동도 농촌 문제 중에 하나죠."

기사의 동문서답에 승객 부부는 더 이상 대꾸하지 않고 시선을 창밖에 두고 있었다.

먹거리 장터에 마을버스가 멎었다. 버스에서 내린 노파는 약국부터 들렀다. 약사가 증상을 물었다. 근게, 하고 노파는 숨을 돌린 후 나무토막처럼 토막말로 영감의 증상을 설명했다.

"누워 자요. 아들 제삿날 그럴 사람이 아니라서 아픈 게 틀림없는 것 같소. 집에 불이 나서 광과 산이 다 타버린 뒤부터 누워 잠만 자요. 입안에서 더운 입김이 나오는 것이 열도 있는 것 같소."

의사가 증상을 한마디로 줄여 말했다.

"놀랬군요."

약사는 하루에 두 번이라는 투약 횟수를 적은 봉지를 노파에게 건넸다. 노파는 약국을 나와 서둘러 떡집으로 종종걸음을 쳤다. 개울물이 불면 걱정이었다. 영감이 일어났을까? 간이 혼자 노는 것을 두고 나왔기에 마음이 조급했다. 노파가 찰무리떡을 찾아 마을버스로 왔을 때는 버스 안은 비어 있었다.

마음이 다급해진 노파는 서둘러 출발하길 바랐지만, 마을버스는 대체로 시간보다는 승객 수 위주로 움직였다. 당산마을엔 마을버스를 이용하는 승객은 없다. 낯선 사람들이 당산마을에 들어와 살지만, 그들은 빈집과 소 마구간을 헐어 담벼락이 높은 집을 짓고 센서를 달고 커다란 개를 마당에 풀어 키웠다. 그 속에 사는 사람들은 어떤 사람일까, 지나가는 차 방향에 따라 검은 차는 이 집, 은색 차는 저 집, 하며 차와 집을 연결해보는 정도였다. 어떤 집은 주말만 내려와 지내다 갔다. 그들은 농사를 짓지 않았다. 상추와 가지, 호박과 오이 등을 심어 자기들 먹는 것으로 만족하는 정도였다. 농사를 짓는 사람들도 간혹 있었지만 단순 농작물이 아닌 농업생명공학연구라는 푯말을 걸고 유전자 변형 작물을 재배했다. 성공하면 외국으로 수출될 품종이라고 했다. 농사는 기계가 했고 사람들은 비 오면 우산을 쓰고 둑길을 산책하거나 통유리로 지은 집 안에서 비가 그칠 때까지 나오지 않았다. 미련한 늙은이야 꾀도 없고 요령도 없어 몸 써서 일만 한다지만 머리 좋고 젊은 사람들은 몸 써 일하지 않았다. 담배 가게 할머니마저 떠나고 없다면 당산마을은 아무도 살지 않는 곳이 될 터였다.

당산나무 몸통에는 금줄이 왼쪽으로 감겨 있었다. 잊히는 것을 잊지 않겠다는 의미인지도 몰랐다. 당산나무로 수심을 가늠해 다리를 건널지 말지 판단하곤 했다.

깊이로 따진다면 영감 마음만큼 깊을까마는 그렇게 속 깊은 사람이 왜 그런 짓을 했을까. 자식 먹여 살리려고 그런 짓을 했을까. 아들을 죽인 이후 넋이 빠진 영감은 온정신이 아닌 채 살았다. 그런 영감에게 노파는 가슴을 후비는 말들로 괴롭혔다. 그렇게라도 하지 않으면 죽을 것 같은 힘든 세월이었다. 영감은 노파의 비수 같은 말을 들을 때마다 형벌을 감면받는 것 같아서 참고 들어왔을까. 참지 않는다면 또 어쩔 것인가. 영감이 내 아들만 죽였는가. 생때같은 청년들을 또 얼마나 죽였는가. 영감은 인두겁이다. 인두겁으로 살 수 없어 넋이 나간 체하지만 속이 빤하다는 것을 알고 있다. 기억을 잊어버린 듯 행동하지만 간이에게 쓰는 마음을 보면 온전한 정신임이 분명했다. 간이는 영감을 유독 따랐다. 탱탱하던 볼의 젖살이 내리고 볼이 홀쭉해진 간이를 볼 때마다 마음이 저렸다.

간이는 두 돌이다. 젖을 급하게 떼고 간이 어미가 가버렸다. 게으른 간이 아비 탓이다. 간이 아비는 필리핀 아내를 몸종 부리듯 했다. 일도 하지 않으면서 아내를 패거나 의심했다. 노파는 간이 아비를 놓으면 깨질세라 만지면 부서질세라 애지중지 키웠다. 너무 귀하게 자란 나머지, 귀한 생명은 어른이 되어도 몸만 어른이 되었다.

"할머니, 그만 출발할까요?"

기사가 차에 올랐다. 같이 타고 왔던 젊은 부부 승객은 오지 않았다. 노파는 주변을 휘둘러 봤다. 창문을 때리는 빗방울이 굵은 소리를 냈다. 빗방울이 굵어져서인지 사방이 어두웠다. 어둠이 불안을 몰고 왔다. 버스의 시동 거는 소리와 문 닫는 소리와 와이퍼가 움직이는 소리가 나고 버스가 움직였다.

노파는 온기가 있는 찰무리떡을 가슴에 끌어안으며 기사를 바라봤다. 찰무리떡 좀 먹어 보구려, 하고 기사에게 건네고 싶지만, 아들이 먼저 먹어야 할 떡이었다. 제사상 맨 앞줄에 아들의 밥과 여대생의 밥을 나란히 놓곤 했다. 떡국은 우측에, 술잔은 좌측에 놓았다. 상 양쪽에 촛대를 세우고 불을 붙였다. 토란국은 두 번째 줄에 놓고 어찬은 동쪽, 육찬은 서쪽에 놓았다. 여대생이 김치부침개를 좋아한다고 했다. 그것은 세

번째 열에 놓았다. 아들의 찰무리떡은 그 옆에 놓았다. 육탕, 소탕, 간장, 어탕, 포, 삼나물, 삼채, 생채, 식혜. 밤, 배, 감, 과자류를 끝줄에 차례대로 놓고 작은 상에는 따로 향불을 피웠다. 이렇게 이십오 년 동안 아들과 여대생의 제사를 지내왔다. 여대생의 부모가 간이 아비를 안고 찾아왔을 때 죽은 아들이 살아 돌아온 것만 같았다. 이불에 쌓인 간이 아비는 갈비뼈가 할딱이고 새알보다 작은 성대가 볼록거렸다. 아들은 여대생을 만나기 위해 지방에 있는 대학에 내려갔다가 데모 주동자로 붙잡혀 초주검이 되어 돌아왔다. 아들이 뜬 지 일 년 후 여대생도 아들 따라 간이 아비를 낳다가 갔다.

떠난 자식을 붙들고 산 세월은 혼이었다. 제삿날 아들이 찾아올 거라는 희망을 붙잡고 살았다. 영감이 말없이 향불을 피우고 밥과 국, 나물과 고기를 담은 그릇을 들고 대문 앞에 서서 고수레할 때는 석고대죄의 의식 같았다. 그런 영감이 죄를 면죄 받았다고 여기는 것인지 아들 제삿날인데도 일어나지 않았다.

영감은 경찰관이었다. 영감이 지방경찰서로 발령을 받고 내려갔을 때 화염병을 든 대학생들과 철봉을 든 군인들이 싸우고 있었다. 그때 영감이 받은 임무는 배후 세력을 알아내는 일이었다.

"무조건 밝혀 내."

영감의 임무를 취조 담당관에게 지시했다. 영감은 아들이 서울에 있는 대학에서 공부하고 있을 것임을 의심하지 않았다. 그래서 잔혹한 명령을 내렸던가. 자신과는 상관없는 일이라고 생각했기에 내릴 수 있는 명령이었던가. 명령의 완수는 출세였다. 부질없음을 알았을 때는 삶을 통째로 잃은 후였다.

배후 세력을 자백하지 않는 청년을, 자백할 것이 없는 청년을, 취조 담당관은 영감 앞에 끌고 와 앉혔다. 영감은 청년을 한동안 바라봐야 했다. 청년의 늘어진 어깨와 머리 두상과 고개 숙인 갸름한 얼굴과 긴 팔과 어깨너비와 다리 굵기가 낯이 익었기 때문이었다. 취조를 맡은 담당관이 청년의 머리채를 잡고 목을 뒤로 꺾었다. 사람의 얼굴이라고는 할 수 없는, 살아 있는 사람이라고는 할 수 없는 청년이, 턱을 뒤로 치켜들린 채 석회처럼 마른 입술을 달싹거렸다.

"아버지?"

취조 담당관은 청년의 머리채를 쥐고 책상에 박고 또 박았다. 청년의 머리에서 피가 흐르고 몸은 공처럼 말려 바닥으로 굴렀다.

"끝까지 해보자는 거지?"

취조 담당관의 목소리가 취조실 벽을 치며 울렸다.

청년이 영감을 아버지라고 불렀을 때 영감은 왜 이 청년이 나를 아버지라고 부르는가, 고문 때문에 정신이 돌아버린 것은 아닌가, 생각했다. 청년이 타들어간 입술로 말했다.

"아버지?"

영감의 가느다란 아랫입술만이 달싹일 뿐 놀람은 모든 신경을 굳게 만들었다. 뭔가 해야 한다고 생각했을 때, 취조 담당관은 청년의 가슴을 구둣발로 짓이겼고 의자를 들어 머리통을 깨부쉈고 발뒤꿈치로 청년의 입을 틀어막았다. 청년은 눈을 부옇게 홉뜨고 영감을 바라봤다.

기억이 가물가물하지만, 노파에게 그런 상황을 전해준 사람이 있었다. 노파는 그 상황을 보기라도 하듯 몸을 부르르 떨었다. 노파 옆자리에 영감이 눈을 감고 있다. 노파는 영감을 돌아보며 대거리를 쳤다. 자식 죽이고 잠이 오요? 당신 참 독허요. 미안해서 자는 척하는 거요? 눈을 떠보소. 아들이 오는 날이오. 노파의 말은 목울대에 걸려 밖으로 나오지 않았다.

영감의 모습은 환영이었다.

버스가 다리에 도착했을 때 누런 흙탕물이 다리 위로 차올라 쓸려 내려가고 있었다. 기사가 걱정스럽다는 표정으로 물었다.

"할머니, 가실 수 있겠어요?"

"하먼, 가야지요."

마을버스는 진흙물을 튕기며 멀어져갔다. 노파는 찰무리떡을 가슴에 보듬고 잰걸음으로 개울로 향했다. 노파의 발이 진흙물에 빠져 발걸음이 잘 떼어지지 않았다. 당산나무가 물에 잠긴 정도를 보니 서둘러 건너야 했다. 누런 개울물 속으로 다리를 집어넣었다. 노파는 우산을 지팡이 삼아 발걸음을 디뎠다. 물이 가슴까지 올라왔기 때문에 우산을 폈다. 떠 있는 것을 붙잡고 의지해야 할 만큼 몸이 밑으로 빠져들어 갔다. 디뎌야 할 다리가 짚이지가 않았다. 노파가 허우적거렸다. 물 위에 떠 있는 몸이 수면 아래로 가라앉았다. 노파는 온 힘을 다해 팔과 다리를 허우적거렸다. 누런 흙탕물이 세차게 밀려왔다. 노파는 휘몰아치는 물살을 거머쥐려 했지만 누런 흙탕물은 입을 벌리고 노파를 삼키려 달려들었다.

"안 된다. 이놈들아."

노파는 찰무리떡을 악착같이 끌어안았다. 이대로 죽을 수는 없었다. 목숨이 아까워서가 아니었다. 개울물 속에서 간이의 울음소리가 환청처럼 들렸기 때문이었다.

낮과 밤이 지나갔다. 불도 켜지 않는 방안엔 영감과 간이만 있었다. 간이는 영감을 흔들어 깨웠다. 작은 손으로 영감의 코와 볼을 꼬집었다. 영감은 한 자세로 누운 채였다. 밤 기온이 차갑고 영감 몸도 차가웠다. 문고리가 바람에 쓸리는 소리가 났다. 간이는 소리 나는 쪽으로 다가가 문을 흔들었다. 문은 어둠을 꿀꺽하고 삼킬 듯 무거운 소리를 냈다. 간이는 영감 곁으로 다가가 얼굴을 비볐다. 누워 있는 영감마저 없었더라면 더 무서웠을지도 몰랐다. 간이가 울자 개똥이가 문을 발톱으로 긁으며 짖어댔다. 개똥이 짖는 소리는 마을 가득 퍼졌지만 와보는 사람은 아무도 없었다. 간이가 개똥이 울음소리를 따라 우엉우엉 했다. 개똥이와 간이는 멍멍 하다가 우엉우엉 하다가 그러다 서로 지친 듯 개똥이는 문밖에서 배를 깔고 눕고 간이는 영감 곁에 누웠다. 아침과 저녁이 여러 차례 왔다 갔다. 간이의 배 속은 물도 들어 있지 않아 꼬르륵 소리도 나지 않았다. 별처럼 총총한 간이의 눈은 느리게 깜박이다 눈을 뜬 채 잤다.

여러 날이 지나는 동안 비는 그쳤다. 물결이 칠 때마다 노파의 옷은 꽃잎처럼 팔랑거렸다. 알록달록한 옷은 피로 물들인 것처럼 붉었다. 여러 날 검던 하늘이 붉은 태양 빛으로 변해 개울물은 주황색 물감 같았다. 개울물은 빛을 받아 흘렀다. 작은 쪽배 같은 슬리퍼 한 짝이 생솔가지에 걸려 있었다. 또 한 짝의 슬리퍼는 진흙 속에 박혀 있었다. 노파의 손엔 찰무리떡과 몰아 쥔 생솔가지가 한 움큼 쥐어 있었지만, 경찰은 자살이라는 것을 입증하려는 듯 진흙에 파묻혀 있던 신발 한 짝을 들어 올렸다. 잠시 후 경찰차와 구급차는 노파를 싣고 멀어져갔다. 한적한 마을은 아무도 살지 않는지 나와 보는 사람이 없었다.

낯선 사람들이 들어와 헌집을 헐어 새집을 짓고 논과 밭 구분 없이 비닐하우스를 둘러 품종 재배에 나섰다.

오로지 당산나무만이 그들을 지켜보고 있었다.

아떼

아떼

나를 아떼라고 부른다. 그렇게 불리게 된 데는 너 때문이었다. 경호를 처음 만났을 때 그 아이가 내게 이름을 물어보는 것 같았다. 한국어를 조금 배워서 왔는데도 막상 접하고 나니 언어가 낯설었다. 나는, 하고 말문을 열려 할 때 너는 내 말을 자르듯 대신 대답했다.

아떼 엄마라고 부르면 돼.

경호는 아떼란 단어가 낯설었는지 내 얼굴을 빤히 올려다봤다. 너는 공항으로 마중 나와서도, 집으로 오는 택시 안에서도 내 이름을 여러 번 불렀으면서도 정작 나를 소개할 때는 아떼,라고 했다. 아떼란 필리핀에서 가정부를 부를 때 쓰는 호칭이다. 경호는 나를 아떼 엄마라고 부르며 따랐다. 경호는 얼굴이 하얀 데다 체격이 작아 계집아이 같았다.

내가 한국에 와서 비로소 알았지만 너는 백수였다. 가끔 연장 통을 들고 하루 일당을 벌어오기도 했지만, 나가는 날보다 집에 있는 날이 더 많았다. 너는 아떼 물, 아떼 밥, 하며 입만 움직였다. 너는 경호와 텔레비전 채널 가지고 싸웠다. 말보다 몸이 앞서는 너는 성질을 부리고 윽박질러서 채널의 승패를 거머쥐었다. 너는 추리닝 차림으로 빈둥거리다가 밥때가 되면 밥상머리에서 먹었던 밑반찬을 또 준다며 반찬 투정을 하기 일쑤였고 가장의 위엄을 세우기 위해 허세를 부렸다. 경호는 너의 폭력을 두려워하면서도 말대꾸를 곧잘 했다. 시골 사는 시어머니는 아들이 놀고 있다는 걸 뻔히 알면서도 매일 돈타령이었다.

너희 집으로만 다 빼돌리지 말고 내게도 얼마씩 보내거라.

어므이, 경흐 아빠 돈 벌지 않으요. 걱정하지 않으요. 나 몰라라 해요. 나는 그렇게 대꾸하고 싶었다. 시어머니는 있지도 않은 돈을 빼돌린다며 나를 도둑년 취급했다. 너는 매일 티브이 채널만 돌리며 희망 없는 세상이라며 분노하기에 바빴다. 너의 말을 듣다 보면 가난한 이유가 너의 탓만은 아닌 것 같았다.

종일 뜨거운 물이 나온다는 너의 열 평 남짓 아파트에 내부 구조는 겨우 발을 뻗을 만한 크기의 방 두 개와 화장실, 주방이 있었다. 산을 깎아 지은 아파트는 지대가 높은 곳에 들어서 있고, 열두 동 아파트의 베란다 창문 방향은 제각각 다른 곳을 바라보고 있었다. 네모반듯한 학교는 아파트 안쪽, 지대가 낮은 곳에 자리 잡고 있었다. 나는 동과 동 사이에 있는 지대가 높은 놀이터 벤치에 앉아서 아이들이 뛰어노는 학교 운동장을 내려다보는 일이 유일한 일과가 됐다.

아파트 상가는 출입구 쪽에 있었다. 1층은 세탁소와 미장

원, 정육점이 있고 코너 쪽에 슈퍼가 있었다. 2층 피아노 학원에서는 종일 댕댕거리는 소리가 들렸고, '국·영·수'라고 쓰인 창문에는 낡은 환풍기가 열을 내며 돌아갔다. 슈퍼는 구멍가게처럼 작았지만, 보행로까지 처마를 치고 과일이며 채소, 문구용품까지 진열해놓았다. 슈퍼 아줌마의 거침없는 성격 때문인지 손님이 끊이지 않았다. 슈퍼 아줌마는 마음에 말을 담아두지 못하고 무엇이든 들은 대로 주워섬겨서 심심찮은 대화가 늘 오고 갔다. 무료한 나는 너에게 세끼 밥을 차려주고 나와 지대가 높은 놀이터 벤치에 앉아서 학교 운동장을 내려다보다가 슈퍼에 들러 물건을 구경하곤 했다. 슈퍼 주인 당신은 나를 힐금힐금 훔쳐보다가 눈이라도 마주치면 아내 없는 틈을 타서 말을 붙여왔다. 앞집 옆집 다 비슷비슷한 처지니 어려울 게 뭐 있느냐며 힘든 일 있으면 뭐든 흉허물 없이 얘기하라고 했다.

나는 내 아이 병원비를 보내주는 조건으로 시집왔다. 내가 너에게 시집온 뒤, 너는 두세 번 병원비를 보내주더니 그것으로 끝이었다. 내가 나가서 일이라도 하게 해달라고 사정하자, 너는 내가 도망이라도 갈까 봐 일도 못 하게 했다. 너는 한부모 가정으로 주민센터에서 경호 몫의 쌀과 식품비를 받아 생활하고 있었다. 그것으로는 생활이 되지 않았다. 내가 힘들다고 말하자 네 나라에서는 어떻게 살았는데,라고 물었다. 너는 늘 그런 식이었다. 나는 너의 만류에도 식당 일자리를 구해 일했지만, 네가 찾아와 난장판을 만드는 바람에 하루 일당마저 받지 못하고 그만둬야 했다.

나는 이런 구구절절한 사연을 슈퍼 당신에게 하소연했다. 슈퍼 당신은 내 하소연을 귀담아들었다. 내 처지가 안타깝다며 위로까지 해줬다. 마음 붙일 곳 없는 내게 슈퍼 당신은 친절했다. 슈퍼 당신은 채소와 과일을 실어 나르는 트럭으로 나를 불러냈다. 트럭은 사람이 잘 다니지 않는 공터에 세워져 있었다. 슈퍼 당신은 나를 만날 때마다 아이 병원비에 보태라며 돈을 쥐어줬다. 나는 슈퍼 당신이 고마웠다. 나는 그 돈을 모았다가 몰래 고향으로 보냈다.

너는 누구 아들이냐? 내 아들은 나 닮아 눈이 작다.

시어머니가 경태를 보고 한 말이었다. 몇 년 만에 찾아온 시어머니가 원망스럽기만 했다. 시어머니가 찾아오기 전까지 나는 그런대로 필리핀에 있는 아이에게 병원비를 보내며 한국 생활에 적응하고 있었다. 너는 시어머니의 말을 듣고 경태를 찬찬히 바라봤다. 시어머니가 다녀간 후 너는 경태만 보면 이유없이 화를 내기 시작했다. 너는 눈언저리가 두두룩하고 눈이 작았다. 경태는 눈꺼풀에 주름이 잡혀 있고 거북이 눈처럼 컸다. 경태는 슈퍼 당신을 닮아서 골격이 크고, 피부가 검고, 둥 그런 주먹코에 눈이 부리부리했다. 어느 날 내가 경태와 슈퍼에 갔을 때, 슈퍼 당신 아내는 경태와 슈퍼 당신을 번갈아 바라보며 너무 닮아서 남들이 보면 당신 아들인지 알겠수,라고 말했다. 슈퍼 당신은 헛기침을 해댔고 나는 뜨끔했다. 나는 슈퍼 게임기를 붙들고 노는 경호에게 경태를 데리고 슈퍼에 가지 말라고 일렀지만 소용없었다.

경호는 학교생활에 열중하지 않았다. 경호가 다니는 학교를 유배지라고 했다. 결손 가정 아이들만 다니는 학교에 승진 못 한 만년 평교사가 퇴임까지 임기를 채우는 학교라는 뜻이었다. 학교는 소문과 다르지 않았다. 경호 말에 의하면 수업종이 치고 한참 후에 교실로 들어온 선생은 한 명 한 명 빈자리를 확인하며 출석을 부른다고 했다. 결석 사유를 반장이나 짝에게 묻고 사유를 느리게 받아 적는 바람에 공부 시간은 적다고 했다. 하지만 결석이 잦은 아이 집에 전화를 해보거나 방문한 적은 없다고 했다. 학교는 아이들에게 관대했지만, 간섭과 규제가 없는 관대는 방임 같았다.

그런 학교에 권 선생이 부임해왔다. 나는 시간 날 때마다 지대가 높은 놀이터 벤치에 앉아 학교 운동장을 바라보고 있었으므로 어떤 경로로든 학교 돌아가는 사정을 알았다. 권 선생은 며칠 전 이사 들어온 세입자였다. 영구임대 아파트는 전세나 월세로 들어올 수 없는데, 불법으로 세를 놓은 집에 들어온 모양이었다. 이사 오던 날, 헌 승용차에서 이삿짐 내리는 것을 나와 경호는 슈퍼에 다녀오면서 보게 되었다. 뒷좌석과 트렁크에서 짐을 꺼내 옮기는 중이었다. 짐이라야 책과 노트북, 옷 가방, 이불 보따리 등이었다. 권 선생은 물건을 나르다 말고 경호를 보고는 생기 있게 웃었다.

내가 다시 권 선생을 집에서 보게 된 것은 며칠 뒤였다. 경호는 가방을 멘 채 슈퍼에 있는 게임기 앞에서 무릎을 세우고 게임을 하다가 학교에 가지 못한 날이 많았다. 손버릇이 있는 경호는 게임 비용을 스스로 마련했다. 새로 부임했다는 권 선생으로부터 전화가 걸려온 날도 경호는 게임을 하다 학교에 가지 못한 날이었다.

저… 경호 집이죠? 경호 담임입니다. 경호가 학교에 안 와서요.

너는 경호가 학교에 가지 않아도 나무라지 않았다. 공부할 놈은 따로 있지,라며 입버릇처럼 말했기 때문에 경호는 학교의 소중함을 알지 못했다. 나는 더듬거리며 말했다.

경호, 집에 없으요. 아직 못 갔으요.

경호는 지금 집에 없고 아직 학교에 가지 못한 모양이라고 말하려 했다. 권 선생은 대충 알아들었는지 퇴근 후에 들르겠다고 했다. 나는 갑자기 심장이 뛰고 무엇을 해야 할지 가닥이 잡히지 않았다. 나는 걸레를 빨아 방을 닦았다. 씻어놓은 그릇들을 가지런하게 엎어놓고 환기를 시키기 위해 베란다와 현관문을 동시에 열었다. 현관문은 군데군데 찌그러지고 광고 전단들을 떼어내지 않아 너저분했다. 좁은 복도에는 먼지 쌓인 보행기, 폐지로 보이는 상자와 신문지, 납작하게 접은 우유갑, 말라비틀어진 화분, 수명이 다 된 장난감, 복도와 연결된 창틀 주위로 마늘 다발과 붉은 양파 망과 무청 말려놓은 시래기 다발들이 사람 사는 모양만큼이나 어지러이 걸려 있었다.

내가 경호와 경태를 찾으러 나가보려고 할 때였다. 경호가 축 늘어져 잠든 경태를 업고 들어오고 있었다. 저만 한 아이를 업은 것 같았다. 그 뒤로 권 선생의 모습이 보였다. 오면서 맞닥뜨린 모양이었다. 학교 선생이 집을 방문하긴 처음이었는지 경호는 긴장한 얼굴이었다. 경호는 권 선생에게 나를 아떼 엄마라고 소개했다. 나는 두 손을 포개고 고개를 숙였다. 권 선생도 양복 상의 앞 단추를 채우는 시늉을 하며 허리를 숙여 공손히 인사했다. 호리호리한 키에 균형 잡힌 체격이었다. 내가 차를 끓이는 동안 권 선생은 방 안을 일별했다. 내가 차를 내가자 무슨 차냐고 물었다. 경호가 말룽가이요,라고 대신 대답했다. 내가 필리핀에서 가져온 차였다. 말룽가이는 현미차 맛과 같았다. 내가 건강에 좋은 차라며 끓여주면 경호는 물맛만 난다며 마시려 하지 않던 차였다. 차 맛이 깔끔해서 좋다고 권 선생이 말했다. 작은방에서 나오지 않고 있는 너는 나와 권 선생이 무슨 말을 나누는지 듣고 있을 게 뻔했다. 너는 내가 한국어를 하지 못하도록 집에서도 밥 줘, 물 줘, 어디가 등 짧은 필리핀 단어만 사용해서 한국어를 익힐 기회가 적었다. 권 선생이 내게 질문하면 경호가 대신 대답해주는 식의 대화가 몇 마디 오고 갔다. 너는 지루했는지 벽을 발로 차기 시작했다. 잠시 어색한 침묵이 흘렀다. 눈치를 챈 권 선생이 꿈은 희망이다,라고 메모한 공책을 경호에게 선물하며 내일 학교에서 보자고 했다. 권 선생이 다녀간 후 책이나 공책을 아무렇게나 여기던 경호가 학교생활에 재미를 붙이기 시작했다. 경호는 성적이 눈에 띄게 좋아졌다. 경호는 물어보지도 않은 장래 희망을 스스로 내게 털어놓기까지 했다. 경호가 꿈을 꾸는 아이로 변해가고 있었다.

주말이면 권 선생은 경비실 담벼락 옆에서 세차를 했다. 미니 청소기로 먼지를 빨아내고 먼지떨이와 서랍 속, 트렁크 속을 정리했다. 경호와 경태는 어느새 비누 거품이 묻은 자동차 유리문에 매달려 있었다. 권 선생이 비누 거품을 만들어 아이들 얼굴에 뿌렸다. 경태는 자동차 바퀴 옆에 쭈그리고 앉아 숨고 경호는 팔로 얼굴을 가리며 도망 다녔다. 비누 거품이 동그랗게 풍선이 되어 떠다녔다. 아파트 관리실에서 끌어온 물 호스로 경호가 물대포를 쏘기 시작했다. 이번에는 권 선생이 팔로 얼굴을 가리며 도망 다녔다. 경태가 신이 나서 같은 자리에 서서 동동 뛰었다. 베란다 문을 활짝 열어놓고 시래기 된장국을 끓이고 있던 나도 어느새 내려가 경비실 담벼락에 몸을 숨긴 채 지켜보다가 경호와 권 선생이 나누는 이야기를 듣게 되었다.

아떼 엄마는 필리핀에서 왔어요. 아빠는 아떼 엄마를 싸게 사왔, 아니 아빠랑 결혼해서 왔대요. 아빠가 약속을 안 지켜서 엄마는 속아서 시집온 거랬어요. 절 낳아준 엄마는 제가 어릴 때 도망갔대요. 경태는 아떼 엄마가 낳았는데 한국말을 못 해요. 아빠는 아떼 엄마도 도망갈까 봐 한국말을 배우지 못하게 해요. 그래서 동생도 아떼 엄마 따라 말을 못 해요. 아빠는 동생이 벙어리라며 미워하지만, 아떼 엄마가 한국말을 못 해서 동생도 말을 못 하는 거예요. 아떼 엄마가 울 때 제가 눈물 닦아줬더니 저를 꼭 안아 주었어요. 아떼 엄마는 한국말을 배워서 동생이랑 저에게 동화책 읽어 주는 게 소원이랬어요.

너는 경태를 다른 이유로 미워했지만, 아홉 살인 경호는 그렇게 알고 있었다. 권 선생님은 차를 닦던 동작을 멈추고 진지한 표정으로 경호 말을 경청한 후, 경호 엄마가 이곳 말과 문화를 배우도록 도와줘야 한다고 말했다. 그것은 엄마의 권리라고 했다.

너는 어느 날 연장 통을 둘러매고 지방 공사장으로 내려갔다. 나는 그 틈을 타서 경호를 앞세우고 권 선생의 집 초인종을 눌렀다. 우연히 듣게 된 말 때문에 용기가 생겼는지도 몰랐다.

한국어 배우고 싶으요.

내 느닷없는 부탁에 권 선생은 난처해하면서도 거절하지 않았다. 나는 공책에 구멍이 나도록 힘을 주어 한국어를 받아쓰고 소리 내어 읽었다. 경호는 옆에서 수학 문제를 풀었다. 나는 고마워서 권 선생의 집을 청소했다. 주방 싱크대를 닦고, 와이셔츠를 비벼 빨고, 행주를 삶고 김치전을 부쳐주었다. 어떤 날은 함께 둘러앉아 먹었다. 내가 손으로 김치전을 집어 접시를 닦아가며 먹자 경호와 경태가 따라 했다. 너는 나와 같이 음식 먹을 때, 똥 닦은 손으로 먹는 거냐며 더럽다고 했다. 음식은 오른손으로 먹고 화장실은 왼손을 쓴다고 말하고 싶었지만, 너는 단어 수준의 말밖에 알아듣지 못해 나는 설명하지 않았다.

맛웃으요?

권 선생이 맛있다고 말하자 내가 되물었다.

아니요. 따라 해봐요. 맛·있·어·요?

맛·웃·으·요?

나는 권 선생의 입 모양을 따라 흉내 냈다. 나도 모르게 얼굴이 붉어졌다.

네, 맛있습니다. 한국 음식 참 잘하시네요.

나는 소녀처럼 웃었다. 나는 이제 띄엄띄엄 동화책을 읽을 수 있었다.

선녀와 나무꾼 동하 재뮈있으요. 나무꾼 선녀 방해했으요. 선녀 아이 둘 났으요. 선녀 도망갔으요.

나는 선녀와 나무꾼 동화를 아이들에게 들려주듯 권 선생에게도 들려주었다.

네, 맞아요. 그런 내용이죠.

권 선생이 내 말에 맞장구를 쳐주니 내 존재를 인정받은 기분이 들었다. 그때 곁에 있던 경태가 권 선생에게 과자를 사달라고 졸라댔다. 나는 그러면 안 된다고 했지만, 경태가 옷자락을 잡고 늘어졌다. 나는 경태 등을 치며 말렸고 권 선생은 괜찮다며 아이들을 데리고 슈퍼로 향했다. 나는 따라 들어가 집어 든 과자를 도로 빼어놓기를 반복했다. 권 선생이 그러지 말라며 웃었다. 말이 없던 경태가 권 선생에게 매달릴 거라고는 예상도 못 했던 일이었다. 경호가 과자 봉지를 뜯어 경태 입속에 넣어주자 권 선생이 두 아이의 머리를 쓰다듬었다.

경태가 말문을 열기 시작했다. 경태는 선녀와 나무꾼 동화책을 읽어달라고 내게 매달렸다. 나는 동화책을 읽어줄 수도, 한국어를 배우러 갈 수도 없게 됐다. 네가 지방 공사장에서 돌아왔기 때문이었다.

그래, 너도 도망가고 싶다 이거지?

너는 놀란 눈으로 한국어를 어떻게 배웠는지 추궁하며 닥치는 대로 물건을 던졌다. 예전에 너는 게을렀지만, 악해 보이진 않았는데 술 양이 조금씩 늘면서부터 알코올 중독자라도 된 듯 난폭해져만 갔다. 난폭해진 데에는 경태가 너를 닮지 않은 이유가 컸다. 그렇지만 너는 다른 핑계를 대며 화를 내곤 했다.

이렇게 머리를 자르면 창피해서 못 나가겠지?

이성보다 감정이 앞선 너는 내 머리칼을 가위로 잘랐다. 내가 그러지 말라며 울며 소리치자 너는 더 짧게 잘랐다. 너는 나의 감정마저 사온 것처럼 통제하려 들었다. 너는, 너 자신은 보지 않고 나만 봤다. 너는 술을 먹고 집에 들어와 아이들 보는 앞에서 육체적 방탕을 저지르려 했다. 내가 뿌리치자 너는 고래고래 소리를 지르며 경호와 경태 이름을 번갈아 불러대며 둘 중 누구를 더 좋아하느냐고 물었다. 아이들은 영문도 모른 채 이불 속으로 숨었다. 경태는 다시 말을 하지 않았다. 너는 현관문을 발로 차고 그릇을 깼다. 아무도 나와보지 않았다. 옆집 할머니만 현관문을 열고 나왔다 도로 들어갔다. 너는 너의 분을 못 이겨 나를 패다가도 어느 날 돈뭉치를 가져와 자랑했다. 자기 몸을 천금같이 알던 네가 사기라도 치고 가져온 것인지 한쪽 팔에 깁스를 하고 들어와서는 밤새 을러메며 돈 때문에 시집온 거냐며 주정했다. 경호는 학습이라도 하듯 그런 너를 바라봤다.

경호와 경태가 슈퍼 당신으로부터 과자를 받아 들고 집에 들어온 날이었다. 너는 먹다가 만 밥상을 뒤집어엎고 내 머리채를 잡아끌고 슈퍼로 갔다. 너는 무턱대고 찾아가 두부, 콩나물, 숙주나물을 으깼다. 슈퍼는 아수라장이 됐다. 상가 사람들이 나와 구경했다. 너는 사나운 짐승처럼 부르짖었다.

저놈은 똥갭니다. 이년은 갈봅니다.

슈퍼 당신 아내는 상황을 이해하지 못하다가 뒤늦게 살쾡이로 변해 달려들었다. 상대는 슈퍼 당신이 아닌 나였다. 상가 사람들은 팔짱을 끼고 서서 구경했다. 그날 이후 슈퍼 당신은 나를 봐도 못 본 체했다. 어렵게 맞닥뜨린 슈퍼 당신에게 나는 경태 얘기를 꺼내야겠다고 마음먹었다.

경태르 당신 아이….

뭐?

슈퍼 당신은 내가 말할 때마다 뭐, 하며 쏘듯 되물었다. 슈퍼 당신도 경태의 외모를 보고 눈치챘지만, 겁을 먹고는 발뺌했다.

내 아인지 알게 뭐야? 영리하게 굴었어야지. 내가 네 남편이라도 되는 줄 알아?

이제 슈퍼 당신마저 도와주지 않는다면 필리핀에 두고 온 아이는 죽은 생명이나 다름없었다.

당신 아내에게 다 털어놓고 싶으요.

슈퍼 당신을 협박하는 말이 나도 모르게 튀어나왔다. 영문 모를 배신감 때문이기도 했다. 슈퍼 당신 아내는 경태에 대해 눈치채지 못했다. 아파트 주민이 다 숙덕거리는 사실을 슈퍼 당신 아내만 몰랐다. 온갖 소문을 다 알면서 정작 자신의 소문은 몰랐다. 슈퍼 당신이 경호와 경태를 과자 훔친 죄로 경찰서에 신고했다. 평상시 같으면 눈감아줬을 당신이었다. 소년원에 집어넣겠다며 을러멨다. 슈퍼 당신은 그럴 수 있는 사람 같았다. 나는 사정했다. 슈퍼 당신은 합의서에 도장을 찍어주며 입만 뻥긋했다간 봐라,라며 나를 협박했다.

나는 너와 살면서 슈퍼 당신의 아이를 낳았다. 무능한 너는 난폭해져만 갔다. 나는 너를 보며 죄책감이 들었지만, 너에게 나는 아떼에 불과하다는 생각으로 나의 행실을 정당화시켰다.

나를 아떼로 여기지 않은 사람은 권 선생뿐이었다. 내게 한국어를 가르쳐줬고 한 인격체로 대해줬다. 경호의 말에 의하면 권 선생은 학교 음악 선생과 결혼할 예정이라고 했다. 음악 선생은 눈이 크고 머리가 길었다. 권 선생과 잘 어울렸다. 나는 베란다 창문을 통해 권 선생이 털레털레 걸어오는 모습을 내려다보았다. 퇴근하고 오는 길 같았다. 나는 미리 준비해놓은 김치 부침개를 쟁반에 받쳐 들고 비상계단으로 걸어 올라갔다. 현관문은 열려 있었다. 나는 현관 앞에서 '경흐' 하다가 문을 노크했다. 그제야 권 선생이 놀란 눈을 하고 나왔다. 옆집 할머니가 혼자 찾아온 나를 의혹에 찬 눈으로 지켜보고 있었다. 나는 쟁반과 함께 편지를 건네주고는 뛰다시피 비상계단을 내려왔다.

경흐 엄마입니다. 제게 한꾹어 가르쳐주시어 감싸합니다.

동아 책 일을 수 있으어 고맙습니다.

이 은혜 잊지 않아요.

슈퍼 당신의 변심과 나날이 늘어나는 너의 폭력에 지친 내게 권 선생의 배려가 새삼 고맙게 느껴져서다. 나는 한국어를 배운 후로도 여전히 경호를 경흐, 라고 했다. 그것은 오래된 습관이었다. 옆집 할머니가 소문을 낸 것일까. 권 선생에게 편지를 건네주고 온 날, 너는 아파트 비상계단을 뛰듯 올라가 내가 숨겨놓았던 한국어 노트를 어떻게 찾았는지 권 선생이 보는 앞에서 찢었다. 여러 장을 한꺼번에 잡고 뜯어 스프링이 휘며 늘어났다. 너는 스프링 노트에 힘을 주었지만, 스프링은 늘어나기만 할 뿐 도로 오므라들었다. 너의 손에 피가 났다. 너는 거친 숨소리를 내뱉으며 권 선생과 노트를 번갈아 노려

볼 뿐 더는 무례하게 굴지 않았다. 경호가 따라 올라가 너의 다리에 매달려 울었기 때문이다. 경호의 울음소리에 사람들이 현관문을 열고 나왔다. 옆집 할머니는 뭔가 안다는 눈빛으로 바라봤다. 나는 비상계단 벽에 몸을 붙인 채 서 있었다.

그 일로 나에 대한 소문은 슈퍼 당신에서 권 선생으로 재빠르게 옮겨갔다. 아파트 주민들은 얼굴을 마주칠 때마다 소소한 안부를 물었고 그 안부 속에 내 소문이 섞여 돌았다. 소문과 소문이 만나는 곳은 학교거나 상가 안이거나 슈퍼였다. 슈퍼 당신 아내는 모든 것이 오해라며 불쌍해서 잘해줬을 뿐인데 억울한 소문이 난 거라며 남편 대신 변명했다. 그간의 소문들을 권 선생에게 뒤집어씌우려는 비열한 슈퍼 당신의 계략 같았다.

경호 엄마, 내 뼈 있는 말 한마디 해도 되지?

아파트 부녀회장이자 학교 학부모회장이며 경호와 같은 반 친구 엄마이기도 한 같은 동에 사는 팔랑이 엄마였다. 팔랑이란 내가 지어 부른 것이 아니고 먼지만 날려도 입이 움직인다고 해서 아파트 주민들이 지어 부른 거였다. 팔랑이 엄마는 한시도 입을 가만두지 않고 팔랑팔랑 나오는 대로 주워섬겼다.

권 선생이 교장실로 불려갔다더라. 교장은 전후 사정을 제대로 듣고 말하는지 팽팽한 배를 앞으로 내밀고 소파에 앉아 권 선생을 바라보는 것이 솔로몬의 제사장만큼이나 거만했다더라. 교장이 어떻게 된 일이냐며 다짜고짜 노발대발했다더라. 학부모와 간통이라니. 말이 되느냐. 학교의 명예를 훼손시킨 게 아니고 뭐냐. 그랬더니 권 선생도 질세라 오해라며 그저 한국어를 가르쳐줬을 뿐이라고 하자 교장이 콧방귀를 뀌며 허 웃었다더라. 그나저나 어떻게 할 거냐. 권 선생이 그만두든가. 경호 엄마가 이사를 가든가. 양단간에 결정을 내야지. 한 울타리 안에서 경호를 계속 학교에 보낼 수 있겠느냐. 권 선생도 권 선생이지만, 경호가 어떻게 생각하겠느냐. 아이 교육 문제도 생각해라. 경호 엄마도 담임하고 그러는 게 아니지. 말이 되느냐. 경호 엄마가 낯선 나라에 와서 고생한다고 잘 해주려 했는데 이건 경우가 아니다. 경호가 뭘 보고 배우겠느냐. 팔랑팔랑한 말들이 또랑또랑하게 들려왔다.

나는 권 선생이 교장한테까지 불려갔다는 말에 몸 둘 바를 몰랐다. 교장은 학교 급식 당번 때와 학부모 간담회 때 몇 번 본 적이 있었다. 교장은 학부모들을 앉혀놓고 학교 교훈에 대해 연설한 적이 있었다.

우리 학교 교훈은 배려입니다. 가난하다고 해서 낙오자나 실패자라고 생각하지 마십시오. 누구나 역경은 있는 법입니다. 한 학부모님이 영구임대 아파트 아이들을 차별적 시선으로 보는 게 아니냐고 질문하신 적이 있습니다. 그렇지 않습니다.

교장은 작은 키에 짱돌처럼 몸이 단단했다. 팽팽한 피부에 대머리라 나이를 어림잡을 수 없었다. 두툼한 옷을 바지 속에 넣고 벨트를 묶어 배만 도드라져 보였다. 교장의 노골적인 표현에 불쾌감을 드러내는 학부모는 몇 되지 않았다.

나는 권 선생에게 이런저런 궁금한 것들을 조심스럽게 질문한 적이 있었다.

여그 아이들에게 열심히 가르쳐도 소용이 읍다고 해요. 열심히 가르쳐도 달라지지 않는대요.

내 말에 권 선생이 반박했다.

그렇지 않습니다. 설사 달라지지 않는다 해도 가르치는 입장에선 최선을 다해 가르쳐야죠. 아이들은 공평하게 배울 권리가 있습니다. 나머지는 아이들의 몫이 아닐까요?

나는 학부모에게서 들은 말을 덧붙여 물었다.

처음엔 다 그렇게 말하다가도 가르치는 선생님들도 변한대요. 이 학교에 다니는 아이들은 부모가 포기한 아이들이고 그 부모는 사회가 포기한 사람들이라고 생각한데요.

권 선생은 그 말에 대답하지 않았다. 대답하지 않았던 것은 그 말을 인정해서가 아니라 뭔가를 생각하는 것 같았기에, 나는 도리어 권 선생만큼은 변하지 않을 거란 믿음이 들었다. 권 선생이 학교에 부임해 와서 수업하던 첫날, 경호로서도 다른 선생과는 좀 달랐던 모양인지 내게 그날의 이야기를 상세히 들려주었다. 권 선생이 칠판에 문제를 적어주면 아이들이 공책에 공식과 답을 써서 제출하는 수학 시험을 보던 중이었단다. 칠판에 문제를 쓰다 말고 권 선생이 뒤를 돌아봤고, 아이들은 멀뚱멀뚱 앉아 있거나 몇몇 아이들이 공책을 찢어 나누고 있었다고 했다. 그것을 본 권 선생이 학교 오면서 공책은 필수라고 말하자, 자신의 공책을 찢어 나누던 여자아이가 우린 지금까지 공책 같은 건 필요 없었는데요,라고 대표로 대답했다는 거였다. 그러자 권 선생이 미소 지으며 학교 올 때 공책은 비 오는 날 우산을 들고 오는 것과 같다고 말했다는 거였다.

비 오는 날,이라는 말에 나는 내 고향 마을이 떠올랐다. 내 고향 마을에는 비가 자주 왔다. 집을 받치고 있는 네 개의 기둥 밑으로 흐르는 물은 황토 빛깔이었다. 전기가 끊어지고 물도 잘 나오지 않았다. 빗물을 받아 흙물이 가라앉은 물로 씻었다. 비가 오지 않는 날은 진흙물이 맑아졌다. 아이들은 어릴 때부터 경제활동을 시작했다. 남자아이들은 해가 지면 꼴뚜기를 잡아왔다. 부모들은 꼴뚜기로 전통 음식을 만들어 시장에 내다 팔았다. 교육은 먹고사는 일보다 중요하지 않았다. 내가 벤치에 앉아 학교 운동장을 바라보는 것도 공부에 대한 부러움 때문이었다. 필리핀에 살 때 쓰레기통을 뒤져 버려진 책을 주워 읽곤 했다. 지금은 경호 책을 몰래 읽고 있다.

필리핀에서는 대체로 일찍 결혼했고 나도 일찍 결혼했다.

남편은 다정했다. 아바가 병을 앓기 전까진 행복했다. 남편은 병원비를 벌어오겠다며 고기잡이배를 타고 나가 몇 년째 돌아오지 않았다. 나는 병원비를 벌기 위해 낮에는 식모살이를, 밤에는 꽃을 팔았다. 그것으로 아바의 병원비는 턱없이 부족했다. 나는 아바를 살리기 위해 한국으로 시집올 결심을 했다.

내가 입국통지서를 받아든 날, 나는 너무 들떠서 아바에게 달려갔다. 나무기둥 밑에 수로 속을 뛰었다. 나무로 짠 쓰레기 수거용 배가 귀청을 울렸다. 물 위에 버려진 쓰레기를 퍼 올리고 있었다. 꼬맹이들은 검은 피부를 드러내며 놀았다. 아바도 곧 저렇게 놀 수 있다고 생각하니 가슴이 벅찼다. 나는 큰 걸음으로 걸어 나무판자문을 열었다. 아바는 깡마른 얼굴로 선량하게 웃었다.

아바, 편지.

나는 다가가 아바를 품에 안으며 말했다. 아바의 힘없는 눈이 편지를 든 내 손을 바라봤다.

입국통지서. 한국에 가도 된다는 입국통지서라고.

내가 또박또박 그리고 작게 속삭이듯 말했다.

아바, 이제 걱정 없어. 신장 투석을 잘 받으면 나을 수 있을 거야. 한국은 여기보다 의료 기술이 발달됐대. 그 사람 집이 아파트랬어. 화장실이 집 안에 있고, 뜨거운 물로 목욕할 수도 있고, 온실 같은 곳에서 밥도 하고 빨래도 할 수 있는 곳이랬어. 멋지지 않아? 매달 네게 병원비를 붙여주기로 약속했어. 그 사람에게도 아바만한 아들이 있댔어. 그래서 엄마 마음을 이해한다고 했어. 같이 아파해줬다고. 따뜻한 사람 같았어. 엄마가 먼저 가서 자리 잡으면 아바 데리러 올게. 조금만 참고 기다려줄 수 있지?

아바가 불안한 눈으로 고개를 끄덕였다.

고향에는 부모님이 있다. 부모님마저 없다면 병든 아바를 홀로 두고 올 마음을 먹지 못했을 것이다. 아바 건강은 호전되고 있는 것인지. 부모님 건강은 괜찮은 것인지. 보내준 돈으로 신장 투석은 잘 받고 있는 것인지. 부모님이 보낸 편지로 간략한 소식을 듣고 있지만, 모든 것이 궁금했다.

나는 아파트 현관문을 열었다. 너의 집은 내 고향 수로 속보다 더 어두워 보였다. 나는 그동안 배운 한국어로 내 나라로 돌아가는 게 낫겠다고 말했다. 뭐라고? 너는 나를 패기라도 하려는 듯 눈을 부릅떴다. 너는 약속을 지키지 않았어. 나는 대꾸했다. 너는 놀라 말까지 더듬거리며 물었다. 무슨 약속? 나는 내 아들 병원비를 보내주지 않은 거며 그것은 나와의 결혼 조건이었다고, 이렇게 사느니 돌아가는 편이 낫겠다고 말했다. 너는 정작 대답해야 할 말은 회피한 채 네가 궁금한 것만 물었다. 이렇게 사는 게 뭐 어때서? 나는 한숨을 쉬며 실망했다고 말했다. 실망했다고? 너는 내 말을 되물었다. 나는 이렇게 살려고 온 게 아니라고 말했다. 이렇게? 도대체 이렇게 사는 게 뭐 어때서? 너는 흥분했다. 경호는 귀를 막는 대신 텔레비전 볼륨을 높였다. 너는 볼륨을 줄이라는 말 대신 다짜고짜 다가가 경호를 발로 찼다. 경호는 매를 피해 구석으로 몰려 훌쩍거렸다. 경태는 이불 속으로 숨어 나오지 않았다. 내 아이가 죽어가고 있다고, 내 속은 새까맣게 타고 있다고, 너에게 밥이나 해주러 여기에 온 것이 아니라고 말했다. 결국 돈이군. 너는 돈만 있으면 되지? 넌 처음부터 돈 때문에 시집온 거잖아? 너는 급기야 이성을 잃은 듯 보였다. 나는 더 이상 너의 폭력이 두렵지 않았다. 처음부터 병원비만을 바라고 온 것은 아니라고 나에게도 꿈이 있었다고 대꾸했다. 꿈이란 내 말에 너는 어깨까지 들썩거리며 이죽이죽 웃기 시작했다. 나는 말문이 막혀버렸다. 너는 표정을 바꾸며 가난이 가난을 무시하는 거냐고 말했다. 경호가 그만 하라고 소리쳤다. 너는 경호를 발로 찼다. 너는 말리는 경호에게까지 폭력을 휘둘렀다. 너의 손에는 야구방망이가 들려 있었다. 나는 온몸으로 경호를 막았다. 나는 구급차에 실려 병원으로 옮겨졌다. 나는 고향으로 돌아가야겠다고 마음을 굳혔다.

경호야, 아떼 엄마 업으도 경태르 잘 부탁해.

겁이 많은 경태는 경호를 잘 따랐다. 경호는 문방구에서 샀는지 흰나비 핀을 가슴에 달고 다녔다. 누가 죽었니? 가슴에 흰나비를 달고 다니게? 그렇게 묻는 사람들의 말에 경호는 대꾸하지 않았다. 경호는 내가 나비 같았는지 날아가지 못하게 가슴에 매달아 붙잡고 있는지도 몰랐다. 경호는 또다시 학교에 가는 날보다 게임기 앞에 있는 날이 더 많았다. 몸집이 작은 경호는 몸집이 큰 경태를 달고 나가 아파트 공터를 맴돌며 놀았다. 경호가 망을 보고 경태가 과자를 훔치는 짓을 멈추지 않았다. 과자를 놀이터 바닥에 뿌려가며 먹었다. 비둘기가 모여들었다.

엄마 업으도 꿈을 포기하믄 안 돼.

고향으로 병원비를 붙이지 못한 지 3개월이 흐른 상태였다. 그동안 보내준 돈도 바닥났을 게 뻔했다. 더는 지체할 수 없었다. 경호의 귀에는 엄마가 경호를 떠나지 않아,라고 들렸는지 나를 올려다봤다.

갑자기 비가 내렸다. 비가 경호 마음 같았다. 나는 경호와 경태를 데리고 문방구에서 우산 두 개를 사서 씌워준 뒤, 짜장면 가게로 데리고 들어갔다. 비를 피해 들어온 파리가 끈끈한 식탁 위를 옮겨 다녔다. 나는 손을 내저으며 짜장면 두 그릇을 주문했다. 경태는 입 주위를 시커멓게 칠하며 먹었다. 경호는 잘 먹지 않았다. 나는 경호에게 사진을 보여줬다. 힘없이 선량하게 웃고 있는 아바의 사진이었다.

아픈 동생이야. 엄마는 아바 병원비 필요해. 이다음에 커서 경태 데리고 엄마 나라 오믄 아떼 엄마가 시오마이 만들어 줄게.

나는 출국 준비를 서둘렀다. 비는 연이어 내렸다. 너는 연장 통을 둘러매고 지방 공사장으로 갔다. 비가 오면 하던 공사도 중단됐지만, 너에겐 마음의 공사가 필요했는지도 몰랐다. 비는 바닥을 뚫을 기세였다. 경호는 학교에 내가 사준 우산을 쓰고 가지 않았다. 우산뿐 아니라 공책도 가져가지 않았다. 나는 우산을 챙겨 들고 수업이 끝날 시간에 맞춰 학교 정문 앞에서 경호를 기다렸다. 정문에서 맞닥뜨린 팔랑이 엄마가 수업 시간에 경호가 백지 시험지를 냈다고 전해줬다. 권 선생이 화가 나서 매를 들었고, 매를 맞던 경호가 밖으로 뛰쳐나가서는 여태 돌아오지 않았다고 학교에서 있었던 일을 소상하게 들려줬다. 나는 경호가 들어오면 그러면 못쓴다고 타이르려고 서둘러 집으로 돌아왔다. 막 현관문을 열자 전화벨이 울렸다.

민경호 학생 집이죠? 경찰입니다. 경호 학생이 교통사고로 병원 응급실에 실려왔습니다.

경호가요?

네, 가해자는 같은 아파트에 사는 슈퍼 주인으로 확인됐습니다. 슈퍼 주인 말에 의하면 아이가 갑자기 차를 막고 트럭으로 뛰어들었답니다. 빗속인 데다 경호 학생이 동생 옷을 입고 있는 바람에 병원으로 옮기는 동안까지 경호 동생인줄 알았답니다.

체격이 작은 경호는 경태 옷을 입으면 경태처럼 보였다. 우산에서 물이 떨어졌다. 우산에서 떨어진 빗물이 내 신발에서 묻어 나온 흙 때문에 흙탕물이 됐다. 나는 빗물이 떨어지는 우산을 들었다. 경태가 큰 눈으로 물었다.

엄마, 어디 가?

나는 대답하지 못했다. 밖으로 나오자 굵어진 빗방울이 우산을 두들겼다. 후드득 소리가 너무 크게 들려 가슴이 두근거렸다. 빗소리는 경호 눈물 같았다가 사람들의 환청 소리로 들렸다.

'누가 죽었니? 가슴에 흰 나비를 달고 다니게….'

나는 길가에 서서 손을 흔들었다. 택시가 다가와 섰다. 나는 뒷문을 열며 말했다.

병은요.

병원에 달려와 보니, 경호는 중환자실 침대에 누워 있었다. 머리에 붕대를 감고 있는 경호는 작고 흰 애벌레 같았다. 내가 다가가자 경호는 힘든 의식 속에서 내 손을 더듬어 잡았다.

날아가려는 흰나비를 붙잡고 있는 듯 촛불처럼 연약한 힘이었다.

가면

가면

이른 새벽, 눈을 뜨자마자 나는 아버지 집을 향해 차를 몰았다. '아버지 집'을 찾아 나선 건 이십 년 만이었다.

내가 아버지 집을 찾아 나서게 된 것은 어제 걸려온 한 통의 전화 때문이었다. 화장실에서 손을 씻고 있을 때였다. 개 짖는 소리가 컹컹 들렸다. 휴대전화 너머로 개 짖는 소리 외엔 아무 소리도 들리지 않았다. 물소리 때문에 말소리가 잘 들리지 않는 것인가 싶어 수돗물을 잠갔을 때는 전화가 끊긴 상태였다. 개 짖는 소리가 종일 귓가를 맴돌았다. 자정이 지나서야 집에 들어온 나는 불도 켜지 않은 채 캄캄한 거실 소파에 털썩 주저앉았다. 베란다 창을 통해 어슴푸레한 밤하늘을 바라봤다. 밤하늘에 박힌 별들이 개 떼의 눈 같았다. 호주머니에서 휴대전화를 꺼내 들었다. 현에게 걸려온 부재중 전화가 두 통 찍혀 있었다. 정신없이 보낸 하루였다. 현에게 전화를 걸려다 말고 최근 통화 기록 버튼을 눌렀다. 낮에 받다가 끊어진 번호를 찾아 재발신 버튼을 눌렀다. 신호음이 울리는 휴대전화를 귀에 대고 기다렸다. 한참만에야 전화기 너머로 여자의 가녀린 숨소리가 새어 나왔다. 순간 말문이 떨어지지 않아 정적만이 흘렀다. 내가 미리암, 하고 불러보았을 때는 이

미 전화가 끊긴 후였다.

길은 이십 년 전과 크게 변한 게 없었다. 삼거리에서 남원 방향으로 우회전했다. 한참을 달렸지만 '아버지 집'이란 푯말은 보이지 않았다. 지나쳐 온 건 아닐까 하고 오던 길을 되짚었을 때 '아버지 집'이 아닌 '동네한바퀴'란 푯말을 발견할 수 있었다. 길가에 박혀 있는 나무 푯말은 너무 작아서 하마터면 보지 못하고 지나칠 뻔했다. 나는 푯말이 있는 쪽으로 핸들을 꺾었다. 차바퀴 밑으로 마른 흙먼지가 피어올랐다.

아버지 집에는 아버지 목사가 있었다. 아이들은 아버지 목사를 가면이라 불렀다. 인자하게 웃는 얼굴은 가면 같았다. 누군가 가면이라 부르자 다른 누군가도 그렇게 불렀다. 나도 따라 불렀다. 가면은 자신이 가면을 쓴 줄 모르는지 당당했다. 가면은 배부른 돼지보다 어린 성자가 되라고 했다. 나는 할머니 따라 몇 번 교회에 가본 게 다다. 할머니는 한글을 모르는데도 악보도 없는 찬송가 책을 들여다보며 느린 반주를 따라 찬송가를 불렀다. 아버지 집도 교회 같아서 매일 찬송가를 동요처럼 불러야 했다. 아침은 삶은 감자를 줬다. 씻지도 않고 삶은 거였다. 씻으면 영양분이 파괴되기 때문이라고 했다. 삶은 감자를 씹을 때 입안이 서걱거렸지만, 배고파서 맛있게 먹었다. 점심과 저녁은 식판을 들고 줄을 섰다. 아무나 밥을 주진 않았다. 성경 구절을 암송한 아이들에게만 밥을 줬다. 한 단어, 한 구절을 틀리거나 더듬어도 밥을 주지 않았다. 나는 한 번 암기한 것은 절대 잊어버리지 않았다. 그러기 위해선 많은 시간이 필요했다. 내가 암송을 끝마쳤을 때는 식사 시간이 끝나 있었다. 말까지 더듬는 나는 늘 배가 고팠다.

나를 아버지 집에 데려다준 사람은 할머니가 사는 집 마을 파출소에 근무하는 순경이었다. 나는 공무수행 차를 타고 아버지 집에 왔다. 순경은 특별히 신경 써준 것이라며 훌륭한 원장 밑에서 삐뚤어지지 말고 잘 크라고 했다. 손가락까지 걸며 할머니를 생각해서라도 꼭,이라고 했다. 내가 고개를 끄덕이자 순경은 자기 할 일을 마쳤다는 흐뭇한 표정을 지으며 내 머리를 쓰다듬곤 가면에게 잘 부탁한다고 당부했다. 가면은 내 어깨를 끌어당겨 안으며, 제가 돌보는 것이 아니라 하나님이 돌보는 겁니다,라고 대답했다. 순경은 그 말이 마음에 들었는지 흡족한 표정을 지으며 돌아갔다.

가면은 자세를 낮추고 앉아 내게 말했다.

집 없이 들판을 떠도는 부모 잃은 아이구나. 하나님은 햇빛으로 안고 끝까지 버리지 않으신단다.

눈물이 쏟아졌다. 내가 버려진 아이라는 것 때문인지, 하나님이 날 버리지 않으신다는 것 때문인지, 새로운 환경이 낯설기 때문인지 구분되지 않았다. 아버지 집 아이들은 키가 작고

체구가 왜소했다.

나는 뚱뚱했다. 할머니는 우리 떡두꺼비 하며 내 궁둥이를 두들기곤 하셨다. 할머니의 거칠거칠한 손이 그립다. 할머니는 내가 아버지 집에 오기 전에 하늘나라로 갔다. '동네한바퀴'도 할머니가 돌아가시기 전에 개장수한테 팔려서 하늘나라로 갔다. 동네한바퀴는 할머니가 장에서 사온 개 이름이다. 내가 안으려 하자 작은 몸을 웅크리며 오들오들 떨었다. 그러던 것이 무럭무럭 자라서 온 동네를 휘젓고 다녔다.

동네한바퀴, 뛰어. 뛰어서 엄마 있는 곳까지 가서 내 소식을 전해줘.

나는 주문을 외웠다. 동네한바퀴의 헐떡거리는 숨소리가 엄마의 체온 같아서였다. 할머니와 일 년만 살고 있으면 데리러 오겠다던 엄마는 일 년이 지나도 오지 않았다. 할머니 집에 오기 전에 엄마랑 나는 여러 번 집을 옮겨 다녔다. 아빠는 집을 몰라서 못 오는지도 몰랐다. 할머니 집은 알 터인데 내가 할머니 집에 있다는 것을 모르고 있는 것 같았다.

개장수가 할머니를 찾아온 날이었다. 동네한바퀴가 할머니 신발을 물어뜯고 노는데도 할머니는 나무라지 않았다.

산 게 또 보요.

할머니가 개장수에게 말했다. 개장수도 할머니에게 간단한 안부를 묻고는 땅에 침을 뱉었다. 땅에 흙먼지가 침을 동그랗게 말아 감쌌다. 개장수에게는 개를 꾀는 솜씨가 있었다. 개장수에게 다가간 동네한바퀴는 개 줄에 묶여 자전거 뒷자리에 실렸다. 내가 매일 엄마를 찾아오라고 동네한바퀴 귀에 대고 주문을 외우는 걸 할머니는 모르고 있었다.

슬픔은 잠을 만들었다. 귓가에 가쁜 숨소리가 들려 잠에서 깼다. 동네한바퀴가 혀를 길게 빼고 숨을 헐떡거리고 있었다. 나는 눈을 비볐다. 해 질 녘이었다. 새까만 눈망울이 나를 바라보며 내 손등을 핥고 꼬리를 흔들고 있었다. 배가 고픈지 빈 그릇을 대그락대그락 핥았다. 나는 얼른 빈 그릇에 물을 부어줬다.

팔려간 동네한바퀴가 그렇게 집을 찾아왔다. 나는 그날 밤 동네한바퀴와 잤다. 동네한바퀴는 마루 밑에서 나는 마루 위에서 서로 숨소리를 체온 삼아 잤다. 미안한 마음을 그렇게라도 전하고 싶었다. 동네한바퀴는 밤새 홀쭉한 뱃살을 벌름거리며 쉭쉭 숨을 가쁘게 내쉬었다. 나는 할머니처럼 말했다.

사람이 독해.

할머니가 엄마한테 한 말이었다. 알아들은 것일까. 동네한바퀴는 납죽 엎드린 채 꼬리를 한 번 들었다 내렸다. 아침 안개가 걷히기도 전에 찌르릉 자전거 소리가 마당 안으로 들어왔다. 개장수였다. 동네한바퀴는 귀를 쫑긋 세우고 끙끙거리며 오들오들 떨었다.

도망가.

나는 낮은 소리로 말했다. 동네한바퀴는 나를 바라볼 뿐 안절부절못하고 같은 자리를 빙빙 돌며 가랑이 안으로 꼬리를 말고 목을 움츠렸다. 개장수는 동네한바퀴에게 다가가 목에 줄을 매며 말했다. 영리한 개라며, 종자 있는 놈인지 똥개는 아닌 것 같다며, 꽤 먼 길인데…란 말을 덧붙였다. 동네한바퀴는 가고 싶지 않다는 시늉만 했을 뿐 저항하지 않았다. 동네한바퀴를 자전거에 실은 개장수는 단체 손님 예약을 받아서 바쁘다며 서둘러 가버렸다. 할머니는 입가와 눈가에 주름을 만들며 자글자글한 손바닥으로 마른세수를 하곤 말했다.

자기 죽을 날 아는 것은 사람이나 짐승이나 같다.

도망가지 않은 동네한바퀴를 두고 할머니가 변명하듯 한 말이었다. 할머니도 죽을 날을 알았던지 마을 파출소에 가서 내가 있을 곳을 부탁하고 온 날 주무시다 하늘나라로 갔다. 할머니가 돌아가신 날 배가 고팠다. 배가 고파서 할머니에게 미안했다.

아버지 집에 와서도 배가 고팠다. 가끔 주말이면 후원 단체 봉사자들이 아버지 집을 찾아왔다. 선물과 먹을 것을 가져왔다. 가면이 음식은 게걸스럽게 먹어야 한다고 말했다. 헷갈렸지만 기회다 싶어 게걸스럽게 먹었다. 배가 부르니 기분이 좋았다. 봉사자들에게 받은 용돈이 꽤 됐다. 나는 자랑했다. 한

봉사자가 물었다. 그걸 어디에다 쓸 거니? 강아지를 사고 싶다고 강아지를 보면 엄마를 보는 것 같다고 말했다. 묵묵히 듣고 있던 봉사자는 코끼지 벌름거리며 내가 한 말을 가면에게 전했다. 예견치 못한 일이었다. 봉사자의 말은 설득력이 있었다. 말이 떨어지자마자 따뜻한 마음의 가면을 쓴 가면이 강아지를 사왔다. 나는 가면이 사온 강아지 이름을 동네한바퀴라고 지었다. 죽은 동네한바퀴가 다시 태어난 것 같았다. 동네한바퀴는 주인을 잘못 만나 불행했다. 주인 따라 금식해야 했기 때문이다. 동네한바퀴는 배가 고파도 내게 꼬리를 흔들어주었다. 줄로 묶어두지 않아도 달아나지 않았다.

성경 구절을 열심히 외우고 있구나? 어때? 지낼 만하니?

가면이 내게 다가와 물었다. 곁에 있던 동네한바퀴가 꼬리를 말고 포복 자세를 취했다. 내 배에선 끄르륵 소리가 났지만, 내 입에선 가면을 기쁘게 하려는 대답이 새어 나왔다.

좋아요.

아버지 집은 봉사자들이 오는 주말을 제외하고는 폐허 같았다. 아버지 집에서 우리는 세례명으로 불렀다. 미리암, 아론, 갈렙, 여호수아. 내 세례명은 모세였다. 미리암이 얌전한 걸음으로 다가와 내게 초코파이를 내밀었다.

먹어.

미리암이 봉사자들에게 받은 초코파이를 아껴두었다가 내

게 주었다. 나는 선뜻 손을 내밀지 못했다. 미리암이 내 손에 초코파이를 쥐여줬다. 닳도록 아낀 초코파이는 봉지를 뜯자마자 가루가 되어 바스러졌다. 동네한바퀴가 땅에 떨어진 부스러기를 핥았다. 미리암이 무릎 다리를 하고 앉아 동네한바퀴를 쓰다듬었다.

고마워.

나는 초코파이를 입에 머금은 채 말했다. 미리암이 미소 지었다. 엄마 같았다. 미리암의 부모는 재혼해서 따로 살고 있다고 했다. 미리암도 따로 살아야 해서 아버지 집으로 보내졌다고 했다. 나는, 할머니와 함께 살 때 티브이에서 보았던 만화가 떠올랐다. 내가 눈을 감자 미리암이 공주로 변했다. 나는 식탐을 하다가 마법에 걸려 얼음 왕자로 변했다. 미리암이 내게 입 맞추자 나는 얼음 마법에서 풀렸다. 갑자기 간지러웠다. 눈을 떠보니 동네한바퀴가 내 얼굴을 핥고 있었다. 나는 미리암에게 고마운 마음이 들어 휘파람으로 노래를 불렀다. 미리암이 무릎 다리를 하고 앉아 내가 부르고 있는 노래를 따라 불렀다.

아버지 집은 규율이 많았다. 그것은 세뇌였다. 아무도, 담장도 없는 아버지 집을 이탈하지 않았다. 이탈은 두려움이었다. 간혹 이탈한 아이도 있었다. 이탈한 아이는 멀리 도망가지 못하고 붙잡혀 되돌아왔다. 돈이 없어 역을 헤매다가 신고를 받고 출동한 파출소 직원에게 붙잡혀 되돌아왔다. 그럴 때마다 이탈한 아이는 은혜도 모르는 말썽꾸러기 취급을 받았고 가면은 권위와 신뢰를 잃지 않았다.

아이들은 마을에 있는 작은 학교에 다녔다. 나도 다녔다. 미리암과 나는 나란히 걷다가 학교 앞에서 조금 떨어져 걸었다. 우리는 같은 반이었다. 미리암이 있어 위로가 됐다. 내가 죽지 않고 살 수 있었던 것은 학교급식 때문이었다. 최초로 무상급식을 시행한 학교였다. 아버지 집 아이들 때문에 폐교 위기를 면한 학교는 운영 차원에서 시행한 거였다. 가면과 학교 교장은 친분이 두터운지 자주 오가며 악수를 하고 정답게 웃곤 했다. 가면은 정부지원금과 사회후원금을 충분히 받고 있으며 상당한 재산을 소유한 부자라고 했다. 자신의 재산까지 들여 좋은 일을 한다며 존경받고 있었다.

학교급식으로는 김치, 콩장 등의 반찬이 나왔다. 가정에서 통학하는 아이들은 급식을 조금밖에 먹지 않았다. 나는 많이 먹었다. 아이들이 웃었다. 선생님은 웃으면 놀리는 거라고 말했다. 선생님이 나를 조용히 불렀다. 비밀이 있으면 선생님에게만 살짝 말해보라고 했다. 내가 비밀이 없다고 말하자 선생님은 내가 뚱뚱해서 밥을 많이 먹는 거라고 생각했다. 아버지 집 아이들은 대체로 밥을 많이 먹었다. 선생님은 아버지 집 아이들은 신앙심이 깊고 착해서 음식을 가리지 않고 잘 먹는 거라고 칭찬했다. 교장선생님은 학교 식당에 김치 액자를 걸어 놓고 김치를 남기지 않고 먹는 아이들에게 착한 어린이 상을 준다고 했다.

가면 사무실에도 액자가 있었다. 예수님이 양을 안고 있는 사진, 가면이 보육원 아이들을 안고 있는 사진, 보육원 허가증, 목사 안수 자격증 등이 액자 속에 있었다. 액자는 가면을 당당하게 했다. 금식은 영혼을 맑게 해준단다. 가면은 영혼이 맑아서 우리 앞에서 밥을 먹지 않았다. 나는 가면이 돼지가 되는 상상을 했다. 상상을 하자, 가면이 보였다. 가면이 돼지 가면을 쓰고 밥을 먹고 있었다. 밥을 먹는 모습을 보자 나도 돼지로 변했으면 좋겠다고 생각했다. 생각하는 순간, 내 몸도 돼지로 변했다. 내가 돼지 코를 달고 밥을 먹자 뿔 달린 도깨비들이 나타나 조롱하며 웃어댔다. 나는 수치심을 느꼈다. 식탐은 수치심보다 강했다. 그렇지만 먹는 걸 들켜서는 안 된다는 두려움이 더 강했다. 꿈은 달콤했고 죄인이 된 기분은 싫었다. 마음으로 지은 죄도 죄이므로 가면이 꿀꿀거렸다. 꿈이었다.

성경 구절을 잘 외우지 못한 나는 늘 손에 들고 다녔다. 많은 시간이 필요했기 때문이다. 가면은 그런 나를 예뻐했고 아이들은 놀리며 시기했다.

배가 고파.

내가 미리암에게만 살짝 말한 것을 아이들이 듣고 놀렸다. 뚱뚱한 사람은 욕심꾸러기라서 남보다 배로 먹어야 배가 부른 법이라고 했다.

뚱뚱한 건 욕심꾸러기가 아냐.

미리암이 편들었다. 나는 울컥했다. 미리암이 나를 위해 밥을 훔쳤다. 미리암이 나를 위해 아버지 집의 규율을 어겼다. 가면이 다가왔다. 가면은 어디서나 우리를 지켜보고 있었다. 미리암이 밥그릇을 땅에 떨어뜨렸다. 동네한바퀴가 다가가려다 침을 흘리며 꼬리를 말았다. 가면은 아무 말 없이 미리암의 손을 잡았다. 겁에 질린 미리암은 가면을 따라 갔다. 그 후 미리암을 볼 수 없었다. 학교에도 나오지 않았다. 미리암은 나 때문에 벌을 받느라 감금됐다. 나는 미리암을 위해 아무것도 해주지 못했다. 미리암이 보이지 않는 아버지 집은 빈집 같았다.

아버지 집에서 천사를 보았다. 천사를 따라가자 고기가 타고 있었다. 아론, 여호수아, 갈렙이 둘러앉아 있었다. 네발 달린 짐승이 바비큐처럼 타고 있었다. 우리는 누구의 목젖이 더 많이 움직이나 눈치를 보다가 일제히 다리와 목과 가슴뼈를 하나씩 차지했다. 고기가 배 속에 들어가자 헛것이 보였다. 가면이 동네한바퀴로 보였다가 가면으로 보였다. 꿀꺽 삼킨 고깃덩어리가 목구멍에서 가슴까지 두려움에 밀려 내려갔다.

나는 겁에 질려 헛것인지 실체인지 구분하기 위해 눈을 씀벅거렸다. 다리 사이로 뜨거운 것이 흘러내렸다.

우리도 미리암처럼 감금되는 건가요? 우린 고기가 먹고 싶어요.

여호수아가 말했다.

살생은 죄란다.

가면이 인자하게 대답했다.

미리암이 보이지 않아요.

나는 말더듬이처럼 질문했다. 나는 떨고 있었다. 나는 들고 있던, 불이 붙은 나무 막대기를 덤불 속으로 던졌다. 불을 지핀 일부터 가담하지 않았다는 내 변명의 동작이었다.

미리암은 금식 중이다. 죄를 용서받고 있단다.

가면은 나를 보며 말했다.

배고픈 게 왜 죕니까?

여호수아가 말했다. 여호수아가 어린 예수 같았다. 가면이 잠시 할 말을 잃었다. 가면에게 이의를 제기하는 아이는 여태껏 아무도 없었다. 나는 봉사자들이 찾아와도 가면이 두려워서 아무 말도 하지 못했었다. 여호수아는 부모를 교통사고로 잃고 아버지 집으로 온 지 며칠 되지 않았다. 여호수아는 아버지 집의 규율을 몰랐다. 몰라서 두려움도 없었다. 숨이 막힐 것 같았다.

네가 내 말뜻을 오해했구나.

우리는 배가 고파요. 미리암은 어디에 있습니까?

여호수아가 겁 없이 말했다. 여호수아는 나보다 한 살 적은데도 용기 있었다. 가면이 위엄 있게 바라봤다.

미리암을 풀어주세요.

아론과 갈랩이 자신 없게 외쳤다.

미리암을 풀어주세요.

여호수아가 자신 있게 외쳤다. 아이들은 용기를 내기 시작했다. 다들 일제히 외치기 시작했다. 나는 얼어붙은 듯 서 있었다. 가면은 권위 있게 보이려고 엄숙한 표정을 지었다. 그러나 소용없었다. 이제 더는 미리암의 문제가 아니었다. 미리암의 문제는 발단이 되었을 뿐 아버지 집 아이들의 문제로 상황은 돌변했다.

어디선가 타는 냄새가 났다. 내 입에서 나는 고기 냄새라고 생각했다. 고기 냄새는 아버지 집을 덮었다. 여호수아가 잘린 나무 밑동 위로 올라섰다. 아론이 다른 밑동 위로 올라섰고 또 다른 밑동을 찾아 갈랩이 올라섰다. 다른 아이들도 하나 둘씩 밑동을 찾아 올라섰다. 나만 같은 자리에 얼어붙은 듯 서 있었다. 가면이 작아 보였다. 초라했다. 아무것도 아니었다. 나는 혼란스러웠다.

아수라장이 된 아버지 집에 담장이 허물어졌다. 담장은 두려움이었다. 두려움은 세뇌였다. 담장이 허물어지고 있는데도 아무도 용기를 내지 못했다. 여호수아가 뛰기 시작했다. 그것은 용기였다. 모두 용기를 따라 뛰었다. 나도 뛰었다. 아무것도 아닌 것이, 아무것도 아니라는 것을 아는 동안은 아무것도 아니지 않았다. 나는 여전히 두려웠고 뒤를 돌아볼 사이도 없이 뛰었다. 우리는 동네한바퀴처럼 달렸다. 달리는 무리 속에 미리암은 없었다. 어디선가 타는 냄새만이 희미하게 따라왔다. 나는 계속 달렸다. 내가 꿈속에서 달리는 것인지, 달리면서 자는 것인지 눈을 떠보니 달리는 트럭 안이었다. 어떻게 트럭까지 얻어 타고 마을을 빠져나왔는지 기억이 전혀 나지 않았다. 우리는 마을을 빠져나와 각자 흩어졌다. 잡히지 않기 위해서였다.

아버지 집을 도망쳐 나온 뒤로 나는 하루 세끼 밥을 먹을 수 있었다. 그러나 밥을 먹을 때마다 돼지가 된 기분이었다. 그것은 내가 아버지 집에서 받은 세뇌 때문이었다.

동네한바퀴란 푯말을 따라 들어가자 이십 년 전 아버지 집이 나왔다. 아버지 집 마당 안에 차를 들여놓자 개 떼가 달려들었다. 나는 놀라 창문을 올렸다. 흙 묻은 발들이 차창으로 들이대 발 도장을 찍었다. 마당에 뒹구는 개 밥그릇은 개의 머릿수만큼이나 많았다. 개 짖는 소리가 산을 울렸다. 누군가 마당 뒤뜰에서 걸어 나왔다. 헐렁한 개량한복 바지 위로 장화를 신은 채 손에는 호미를 들고 있었다. 개량한복을 입어서인지 산속에 묻혀 사는 비구니 같았다. 나는 다가오는 여인이 미리암이라는 것을 직감으로 알아차렸다. 밀짚모자 속에 수건을 덮어쓰고 있어서 얼굴은 잘 보이지 않았다. 사납게 짖던 개들이 미리암을 보자 흩어졌다.

단층으로 지어진 보육원 건물은 그대로였다. 여호수아, 아론, 갈렙, 미리암, 내가 사용하던 방은 개집이 되어 있었고 '아버지 집' 푯말이 떼어진 자리에는 '동네한바퀴'란 푯말이 붙어 있었다. 나는 미리암을 따라 안으로 들어갔다. 미리암은 머리에 수건을 두른 채 자분자분 몸을 분주히 움직이며 차를 내왔다. 새벽부터 달려온 탓인지 피곤이 밀려왔다. 미리암은 내게 아무것도 묻지 않았다. 이를테면 식사 전인지, 어떤 차를 마실 것인지에 대한 사소한 질문조차 하지 않았다. 그런데도 나는 마치 출장 갔다 집에 돌아온 기분마저 들었다. 나는 오래전부터 마셔왔던 것처럼 떨떠름한 수세미차를 의자에 기대고 앉아 마셨다.

내가 차를 마시는 동안 미리암은 집 안과 텃밭을 오가며 푸성귀들을 정성스럽게 뜯어 바구니에 담아 날랐다. 깻잎과 풋고추, 상추는 수돗물에 씻어 채반 위에 놓고, 쌈장은 고추장 한 숟가락에 된장 한 숟가락 반, 참기름 한 방울과 깨와 다진

파를 잘게 썰어 버무렸다. 상추는 여러 장을 포개어 싸 먹거나 깻잎을 한 장 깔고 그 위에 올려놓고 싸 먹어야 할 만큼 작고 여린 순이었다. 미리암은 도마 위에 대파 반을 잘라 숭숭 썰고 풋고추는 손으로 뚝뚝 부러뜨리고 애호박은 앞의 연한 부분을 반 잘라 반달 모양으로 송송 썰어 된장찌개에 넣었다. 조미료는 넣지 않고 된장과 재료만으로 국물 맛을 냈다. 나는 깻잎 한 장에 여린 상추를 여러 장 올려놓고 그 위에 쌈장을 얹은 다음 김이 올라오는 밥을 젓가락으로 폈다. 젓가락에 묻은 쌈장 때문에 밥알이 붉었다. 옥수수와 쌀, 보리와 조, 검은콩과 수수 등 여러 가지 잡곡이 들어간 밥이었다. 미리암이 오래전부터 나를 위해 준비해온 밥상 같았다. 쌈을 한입에 넣고 아삭아삭 씹었다. 오랜만에 느껴보는 식욕이었다. 된장찌개 국물을 후룩거리며 떠마셨다. 톡 쏘는 고추 맛에 입안이 얼얼했다. 미리암이 멀거니 나를 바라봤다. 많이 먹어,라고 말하는 것 같았다. 나는 왜 아무 말도 하지 않는지 실내에서도 왜 수건을 벗지 않는지 묻고 싶어 기회를 엿봤다. 그럴 때마다 미리암은 얼른 시선을 피해버렸다. 나는 하는 수 없이 내려오다 길을 헤맨 얘기며 오랜만에 와보니 경치가 좋다는 얘기만을 두서없이 늘어놓았다. 미리암은 고개를 작게 주억거렸다.

미리암이 설거지를 하는 동안 산그늘이 마당을 반 덮었다. 미리암은 젖은 손을 닦고 나를 텃밭으로 이끌었다. 텃밭은 땅이 습하고 그늘이 져 어두웠다. 텃밭에서 조금 떨어진 곳에 솥뚜껑만 한 낮은 묘가 보였다. 미리암이 그곳을 손가락으로 가리켰다. 나는 고개만 끄덕였을 뿐 아무 말도 하지 않았다. 가면이 어떻게 죽었는지, 언제 죽었는지 따위는 알고 싶지 않았다. 무덤엔 풀이 자라지 않은 채였다. 우리가 아버지 집을 도망쳐 나올 때 미리암은 벌을 받느라 함께 도망치지 못했다. 아무것도 아닌 것이 아무것도 아닌 게 아니라는 것을 미리암은 알 기회가 없었으므로 다 떠나고 없는 아버지 집에 홀로 남게 됐다.

미리암의 몸에서 노린내가 풍겼다. '동네한바퀴'와 살며 '동네한바퀴'가 되어버린 것은 아닐까. 그늘이 마당을 덮자 동네한바퀴들은 각자의 개집으로 들어갔다. 미리암은 또다시 음식을 내왔다. 나는 주는 대로 받아먹었다. 과일은 물기 묻은 탱글탱글한 방울토마토였다. 나는 방울토마토를 한입에 넣고 깨물었다. 미리암에게 나는 여전히 배고픈 모세였다. 강아지가 다가와 방울토마토가 담긴 접시를 핥았다. 나는 쉭 소리를 내며 그릇을 치우고 강아지를 발로 밀어냈다. 미리암이 강아지를 두 손으로 보듬어 문밖으로 내놓았다.

잠시 침묵이 흘렀다. 그간 어떻게 지냈느냐는 질문은 않기로 했지만, 무슨 말인가는 필요했다. 비가 왔다. 뚝뚝 빗방울이 무겁게 창문을 치는 소리, 마당에 떨어지는 소리, 자동차 지붕에 떨어지는 소리, 개 밥그릇에 부딪히는 소리, 비닐 포대에 떨어지는 소리, 소리가 말을 대신해주는 것만 같았다. 나는 미리암의 작은 어깨를 감싸 안았다. 마치 오래전부터 그래왔던 것처럼 미리암은 내게 기댔다. 나는 혼자 도망쳐서 미안했어,란 말을 하고 싶었다. 그런 격정 때문이었을까. 숨이 차올랐다. 미리암은 내 손을 가만히 거두고 조용히 일어나 옷을 벗기 시작했다. 나는 당황했지만 가만 지켜볼 수밖에 없었다. 그녀의 몸은 검게 탄 소나무 껍질 같았다. 머리에 두르고 있던 수건을 걷어냈다. 얼굴 반쪽이 검었다.

내가 아버지 집을 도망쳐 나올 때 타는 냄새가 났었다. 그것은 내 입에서 나는 고기 냄새라고 생각했었다. 그날 우리는 고기를 먹다 가면에게 들켰다. 용기가 가면과 맞섰고 용기가 달리자 나도 달렸다. 나를 위해 감금된 미리암을 두고 나만 달렸다. 그때 불이 붙은 나무 막대기를 덤불 속에 던져버린 기억이 났다. 돌이켜 생각해보니 나는 아버지 집에 불까지 내고 도망쳐 나온 셈이었다. 내가 지른 불이 미리암을 감금해 놓은 곳까지 찾아가 문고리를 녹이고 미리암의 얼굴까지 녹여버린 것일까. 미리암은 어떻게 내 연락처를 알았을까? 티브이를 본다면 그리 어려운 일도 아니었을 것이다. 나는 국선변호사로 친일파 재산 환수법에 관한 주제로 토론하기 위해 티브이에 자주 출연했다. 게다가 미리암이 나를 바로 알아볼 수 있었던 것은 이름 때문이 아니었을까.

나는 한모세라는 이름을 그대로 쓰고 있었다. 아버지 집을 도망쳐 나와 지나가는 트럭을 얻어 타고 서울로 올라왔다. 길을 헤매다 어느 치킨 집 앞에 웅크리고 앉아 가게 안을 구경했다. 그 모습을 본 현의 아버지가 나를 데리고 들어가 치킨을 줬다. 현의 아버지는 치킨 가게 사장이었다. 그것이 계기가 되어 현의 아버지 가게에서 배달 일을 도우며 틈틈이 공부할 수 있었다. 오로지 먹기 위해 열심히 일한 내게 현의 아버지가 검정고시 책을 선물해줬기 때문이다. 낮에는 오토바이로 치킨을 배달하고 밤에는 공부했다. '미안합니다.' 치킨을 배달하며 수없이 한 말이다. 그때마다 미리암에게 하는 말이라고 생각했다. 미리암에 대한 미안한 마음을 그렇게 스스로 덜어냈다. 일과 공부를 병행해야 했던 나는 점차 미리암을 기억 속에서 지워버렸다.

현은 사는 게 나와 달랐다. 달라서 나를 좋아했다. 키가 작은 현은 플레어스커트를 즐겨 입었다. 밑이 넓고 주름이 많이 잡히는 스커트였다. 엉덩이가 풍만해서 코르셋을 착용하고 스커트를 입은 것 같았다. 스커트 밑으로 드러난 종아리가 불룩했다. 둥글고 구김살 없는 얼굴이 천진했다. 피부가 하얗고 애교가 많았다. 현은 평범한 외모를 지녔다. 나는 현에게 사랑을 고백한 적 없지만, 현은 나와 미래를 설계했다. 현의 아버지는 뒤늦게 사업가 기질을 발휘해 치킨 프랜차이즈 가맹점을 전국으로 확산시키는 데 성공했다. 일 프로만 잘해라. 일 프로만 좋은 재료를 써라. 일 프로만 다른 가게보다 친절히 하라고 말했다. 현의 아버지의 성공 비결이었다. 현의 아버지는 내가 사법고시에 합격할 때까지 재정적 투자를 아끼지 않았다. 내가 치킨 프랜차이즈 가맹점이 된 기분이었다.

미리암은 이십 년 만에 나를 찾아, 내게 밥을 차려주는 일 외에 다른 용건이 없는 것처럼 대했다. 너 때문이라고, 너 때문에 감금됐고, 너 때문에 몸이 숯검정이 됐고, 너 때문에 언어를 잃었다고. 너도 나를 위해 뭔가 대가를 치러야 하는 게 아니냐고. 침묵만이 내게 말했다. 나는 침묵을 깨려고 서둘러 일어났다. 올라가 봐야 할 것 같다고, 다시 오겠다고 말하자, 고개를 끄덕이는 미리암의 얼굴에서 어두운 눈빛을 읽을 수 있었다. 내가 밖으로 나오자 미리암이 우산을 펴며 따라 나왔다. 빗줄기 때문에 차로 얼른 뛰어 들어가 차 문을 닫았다. 서운했을까 싶어 미리암을 바라봤다. 미리암은 차에서 한 발 뒤로 물러선 채 나를 바라보고 있었다.

나는 차 문을 열고 나와 미리암에게 다가가 어깨를 감쌌다.

미안해.

미안하다는 말을 내뱉는 순간 가없는 슬픔이 밀려왔다. 미리암도 나와 같은 마음이었는지 내 손을 더듬어 잡았다. 떨고 있는 손이 무언가 말하려 했다. 그러나 내 비겁함에 묻혀 미리암의 손은 말이 되지 못했다. 나는 쫓기듯 서둘러 차에 올라타고는 급히 액셀러레이터를 밟았다. 자갈 으깨지는 소리가 요란하게 들렸다. 순간 아버지 집에 고요가 개 짖는 소리로 메워졌다. 창문 틈새로 동네한바퀴들이 머리를 내밀고 짖었다. 또다시 미리암을 두고 가지 말라고 일제히 나를 꾸짖는 것 같았다. 나는 아버지 집과 멀어지며 백미러를 통해 미리암을 바라봤다. 개량한복을 입은 미리암은 허수아비 같았다. 내가 다시 올 때까지 그대로 서 있을 것만 같았다. 미리암은 어두운 그림자 같았다. 비가 오기 때문에 어두워 보이는 거라고 생각하려 했지만, 어둠은 미리암의 마음 같았다.

서해안고속도로 휴게소에 차를 세웠다. 라이터를 찾기 위해 주머니 속에 손을 넣었다. 손끝에 편지 봉투가 잡혔다.

> 모세, 너를 너라고 불러도 될까? 내 기억 속엔 언제나 배고픈 모세로 기억되는 너. 동네한바퀴들과 내가 갈 곳은 아무 데도 없지만, 나는 떠나야 할 때가 된 것 같아. 떠나기 전에 네게 밥을 해주고 떠나고 싶었어. 아버지 집 재산인 보육원 땅, 텃밭, 뒷산 등이 친일파 재산으로 밝혀져 국가에 환수돼. 덕분에 꽃다운 내 젊음을 가두었던 아버지 집을 떠나도 된다는 허락을 통보받았어. 떠나고 싶을 땐 두려워서 못 떠났는데, 지금은 갈 곳 없는 나를

떠나라고 해. 그간 내가 어떻게 지냈는지 말하지 않을게. 말하지 않아도 알 테니까. 네가 곁에 있어서 견딜 수 있었어. 내게 동네한바퀴는 바로 너였어. 와줘서 고마워. …불이 난 날, 동네한바퀴가 날 구하러 왔어. 모세 네가.

미리암의 편지는 벼랑 끝에 서서 쓴 유서 같았다. 나는 빠른 속력으로 차를 몰았다. 달리는 길이 상행선인지 하행선인지 이정표가 보이지 않았다. 달리는 차바퀴에서 고기 타는 냄새가 바투 달려들었다.

팥죽

팥죽

내가 망자가 된 지 십칠 년 되는 해다. 진도 전시관에서는 문화 포럼 행사가 개최 중이다. 미완성인 내 그림과 내 제자로 알려진 민 교수의 그림이 전시되고 있다. 민 교수가 내 제자로 알려진 뒤로 그의 그림은 한 점에 수천만 원으로 치솟았다. 그 그림은 무당집에 나돌던 내 그림들이지만, 그에게 내 그림을 판 무당이 죽고 없으니 그 사실을 아는 사람은 망자인 나뿐이다.

문화 포럼 행사가 진도에서 개최된 데에는 진도에 사는 구화가 알려지고 나서다. 우연한 기회에 한 사진기자가 진도 바닷가를 방문했다가 관광객을 상대로 팔고 있는 구화의 그림을 보고 사진을 찍어 잡지에 실은 것이 계기가 됐다. 그 후로 구화의 그림이 전문가로부터 주목받기 시작했다. 구화의 그림이 한창 잘나가는 민 교수의 그림과 흡사해서다. 그도 그럴 것이 연희는 내게, 구화는 연희에게 그림을 배웠고, 민 교수의 것으로 알고 있는 그림은 인간문화재가 된 내 것이기 때문이다. 취재진들이 구화가 있는 진도로 몰렸다.

연희는 구화의 그림을 펼쳐놓고 헤벌쭉거렸다. 오만 색의 물감을 얼굴에도 칠하고 옷에도 칠하고 머리카락에도 칠한 상태였다. 여러 겹의 옷을 껴입은 몸은 풍만했다. 식탐까지 부리느라 굿상 앞에 엎어져 이것저것을 손으로 거머먹었다. 박수는 징채를 휘둘렀다. 징 소리가 드세지자 연희는 구화의 그림을 흔들며 말했다.

구화가 그린 거야, 내 딸 구화가.

취재진들이 카메라를 들이대자 겁에 질린 연희는 굿상에서 거머먹은 음식을 취재진들을 향해 뿜었다. 연희의 정신은 일정치 않았다. 행동이나 기분이 오락가락했다. 그럴 때마다 미친 것이 아니라 미친 척을 하는 것은 아닐까 의심이 들기도 했지만, 풀어 헤친 머리며 앞니 빠진 이를 드러내고 웃을 때면 미친 거지꼴이었다. 긴 생머리를 하나로 묶은 단정한 용모는 온데간데없었다.

내가 망자가 되기 전이었다. 연희를 처음 만난 곳은 횟집과 낚싯집 등 허름한 가게들이 빼곡히 밀집해 있는 남해의 허름한 찻집에서였다. 나는 아들 수에 대해 말머리를 꺼내야 했다. 나는 뜸을 들였다. 수는 사람들을 만나면 주절거리기를 좋아했다. 아무것도 아닌 이야기를 오래도록 지껄이며 비실비실 웃었다. 앓는 소리를 내며 입술 모양으로 말하는 구화라서 어지간한 인내심 아니고는 짐작하여 듣는 것도 힘들었다. 수는 자신의 말을 알아듣지 못한 사람 앞에서 웃음을 참는 절제력이 없었다. 나는 '바보 소년'이라는 낡은 동화책을 테이블에 올려놓았다.

이 책 주인공과 내 아들이 닮았소.

나는 한 권의 책으로 내 아들을 소개했다. 내 말은 시끄러운 노랫소리에 묻혔다. 연희는 눈을 내려뜨린 채 내가 꺼내놓은 책을 물끄러미 바라봤다. 연희의 눈빛에서 삶의 의욕은 찾아볼 수 없었다. 차분하고 단정한 용모였다. 수의 배우자가 되기에는 과분해 보였다. 나는 착잡한 심정으로 찻값을 치르고 밖으로 나왔다. 연희는 가져온 가방이 무거운지 양손으로 들고 따라 나왔다. 나는 다가가 가방을 들어주었다. 가방은 보기보다 무거웠다. 나는 말없이 집을 향해 걸었다. 연희는 수에 대한 내 설명을 충분히 알아들은 것인지, 내 뒤를 가만가만 따라오고 있었다. 어쩌면 나를 따라오는 것이 아니라 내가 들고 가는 자신의 가방을 따라오고 있는지도 몰랐다. 그렇게 연희는 내 집에 오게 되었다. 연희는 시키지 않아도 알아서 밥을 짓고 빨래를 했다. 나는 방에 틀어박혀 민화에 열중했다. 먹고살기 위한 일이었다.

아버지 머리가 하얀 벚꽃 같아요.

어느 날 연희가 내 흰머리를 보고 말했다. 연희는 예쁘지는 않으나 예뻐 보였다. 긴 생머리를 하나로 모아 단정하게 묶고 피부는 하얬다. 올라간 눈꼬리 밑에 사마귀만 한 검은 점이 있었다. 하나하나 뜯어보면 결코 예쁜 얼굴은 아닌데도 예뻐 보였다. 수의 눈에도 연희가 예뻤던지 연희 꽁무니만 따라다녔다. 수가 연희 꽁무니를 따라다니기 전에는 암탉의 꽁무니만 따라다녔었다. 수는 천성적으로 부지런해서 해 뜨기 전에 일어나 처마 밑으로 들어가 암탉이 알을 낳는 모습을 흉내 내곤 했다. 수는 암탉의 표정과 몸짓을 그대로 흉내 내어 알을 낳는 고통을 함께 나누기라도 하려는지 암탉이 용을 쓰면 수도 몸을 비틀며 용을 썼다. 알이 나오는 순간 암탉은 엉거주춤 일어났고 수도 따라 엉거주춤 일어났다. 암탉의 모가지에 털이 서고 노란 눈알이 한곳을 똑바로 바라볼 때면 수도 목을 꼿꼿이 세우고 한곳을 응시했다. 알이 암탉의 몸에서 빠져나오는 순간 암탉이 목을 쭉 뽑아 뺐다. 수도 목을 사십도 각도로 기울이고 목을 길게 빼고는 배시시 웃었다. 암탉이 낳은 달걀을 수는 연희에게 가져갔다. 그 달걀은 껍데기를 깨고 내 밥 속으로 들어왔다. 암탉이 알을 두 개 낳은 날은 수의 밥 속으로도 들어갔다. 수와 나는 날달걀 속에 간장과 참기름을 넣고 노랗게 밥을 비벼 먹었다. 표정 없이 건조하던 연희의 얼굴에 평온한 화색이 돌기 시작했다.

나는 그림을 그리기 전 고체 덩어리인 물감을 작게 떼어 종지에 넣고 으깼다. 아교와 물을 적당히 섞는 것이 나만의 기법이었다. 민화는 물감의 농도에 따라 아름다운 색을 표현할 수 있었다. 손끝으로 터득한 기법이었다. 연희는 눈이 밝아 어깨 너머로 알아갔다. 연희는 바닥에 면 천을 깔고 얇은 순지의 오돌토돌한 뒷면과 반들거리는 앞면을 구분하여 문진으로 양옆을 고정하는 일을 곁에서 도왔다. 그 손끝이 단정했다.

내 붓끝에서 닭의 볏이 푸덕거릴 때 연희는 감탄사를 내질렀다.

아버지, 붉은 닭 볏이 작약 꽃술 같아요.

연희는 나를 아버지라 불렀다. 수와 짝을 맺도록 주선해준 무당의 말에 의하면 연희는 부모 없이 혼자 자랐다고 했다. 이 집 저 집 친척 집에서 식모처럼 살다가 그 집 아들이 못된 짓을 하는 바람에 오갈 데 없어 여러 공장 기숙사를 전전했다는 거였다. 그 밖에도 무당은 연희에 대해 물어보지도 않은 말까지 소상하게 들려주었다. 말도 통하지 않은 외국 여자보다는 처지가 가여운 여자와 정 붙여 살도록 해주는 편이 나은 게 아니냐는 말을 하기 위해서였다. 무당은 사연 많은 사람과 연이 닿아 있었기에 수에게 적절하다 싶어 연희를 소개해준 것이었다. 그런 처지라 하더라도 수와 연이 될 수 있을까,라는 걱정과 연민이 뒤섞여 마음이 착잡했었다.

네가 작약 꽃을 아는구나. 어떻게 알았니?

잎이요.

맞다. 작약 잎은 윗부분이 세 개로 갈라져 있고 잎 표면이 광택이 나는 게 특징이란다. 작약은 풀이고 모란은 나무다. 잎 모양이 비슷해 둘 다 부귀를 뜻하지. 용케 구분할 줄 아는구나.

연희는 눈썰미가 있고 영특해서 한 번 본 것도 잘 기억했다. 내가 민화에 담긴 설화를 들려주자 즐거워했다. 재치 있고 익살스럽게 표현한 호랑이 그림을 그릴 때면 소녀처럼 눈빛이 빛났다.

아버지, 저도 그려보고 싶어요.

나는 연희의 어깨를 감쌌다. 붓을 쥔 두 개의 팔이 한 몸 같았다. 일체의 움직임으로 꽃 속에 꽃술 대신 붉은 닭 볏을 그려 넣었다. 내가 그려주다시피 했지만, 나는 연희를 칭찬했다. 수가 갑자기 방문을 벌컥 열고 들어와 떼를 쓰며 연희의 손을 잡아끌었다. 수의 손에 붙들려 간 곳은 절벽 위였다. 깎아 세운 듯이 서 있는 절벽 바위 위에서 굿을 하느라 내 그림이 바람에 흩날리고 있었다. 주말이면 사람들이 굿을 하기 위해 남해로 내려왔다. 나는 천성적으로 꾀를 부릴 줄 모르고 고집스럽기까지 해서 그림 한 점에도 온 힘을 기울였다. 그런 탓인지 내 그림을 놓고 굿을 하면 소원이 이루어진다고 했다. 수가 징 소리에 맞춰 굿판 주변을 휘돌았다. 징 소리가 하늘 끝까지 울리는 듯했고, 연희가 미역 가닥처럼 늘어졌다. 무당은 굿을 멈출 수 없었는지 널을 뛰며 연희의 얼굴에 물을 뿌렸다. 굿의 일부라고 생각했는지 사람들은 구경했다. 수가 놀라서 눈물을 닦으며 웃었다. 나는 연희를 업고 뛰었다.

날이 어둑해진 뒤에야 굿을 마친 무당이 내 집에 들렀다.

어찌 된 것이오?

나는 무당을 보자마자 다그쳐 물었다.

그 아이 몸에 살이 붙은 것 같습니다. 혼령을 위로하는 씻김굿을 하던 중이었는데….

그래서? 그것이 어쨌다는 것이오?

나는 노기 띤 목소리로 물었다.

무당은 연희를 위해 굿을 해야 한다며 살풀이 민화를 그려달라고 했다. 나는 난감했다. 그동안 무당에게 주문받아 그린 민화는 손에 익은 대로 머리에 떠오른 대로 상상에 의해 그린 그림들이었다. 나와 연관된 그림을 그리자니 아무것도 떠오르지 않아 힘이 들었다. 나는 살풀이 민화를 간신히 그려 무당에게 건넸다. 연희는 살을 풀기 위해 흰 베옷을 입었다. 암탉은 산 채로 털이 뽑혀 제물로 놓였다. 무당은 양각이 새겨진 방울을 흔들었다. 놋쇠 막대기 끝에는 네 개의 구멍이 있었다. 네 개의 구멍마다 각각 세 개의 방울이 끼워져 있었다. 모두 열네 개의 방울들이 동시에 흔들렸다. 맑은 금속음으로 무당은 신령과 교신해 귀신을 쫓았다. 무당은 방울 소리에서 나오는 신령의 말을 따라 했다. 그것은 무당만이 들을 수 있는 소리였다. 털이 뽑힌 채 살아 움직이는 암탉의 몸에 수십 개의 바늘을 꽂았다. 암탉은 괴성을 질렀다. 수도 따라 괴성을 질렀다. 나는 그 광경을 지켜볼 수밖에 없었다. 수가 암탉을 흉내 내는 거라고 생각했다. 울긋불긋 색동옷을 입은 무당이 바늘이 꽂혀 고슴도치와 흡사해진 암탉을 향해 주문을 읊었다. 연희에게 낀 살이 암탉에게로 옮겨붙는 것인가. 암탉이 노랑 눈알을 치뜨고 죽자 수가 실신했다. 온 산을 울리던 징소리도 무당의 읊조림도 멈추었다.

편히 가소서.

무당이 읊조렸다. 무당은 죽은 암탉에서 받은 피를 내게 주었다.

팥죽이다. 붉은 죽은 액운을 쫓아준단다.

나는 무당이 한 말을 연희에게 전했다. 암탉이 죽자, 수가 암탉 대신 처마 속으로 들어갔다. 수가 암탉을 흉내 내는 동안 나와 연희는 암탉을 그렸다. 나는 한쪽 팔로 연희의 어깨를, 붓을 쥐고 있는 연희의 손을 감쌌다. 연희의 옷에서는 빨랫비누 냄새가, 머릿결에서는 샴푸 냄새가 났다. 연희는 축축한 수초 같았다. 붓끝이 떨렸다. 떨린 붓끝에서 암탉이 나왔다. 암탉은 알을 품었다. 알은 금방이라도 달걀밥으로 변할 것만 같았다. 수가 문을 벌꺽 열었다. 암탉의 몸에서 알이 나올 때 한곳을 똑바로 응시하듯 수의 눈이 나와 연희를 응시했다. 수는 화들짝 놀란 눈으로 노란 달걀밥을 찾다가 보름달이 노랗게 익은 저녁, 처마에 불을 질렀다. 보름달을 익혀 먹기 위해 불을 질렀는지, 자신의 몸이 달걀밥이 되고 싶어 불을 질렀는지, 수는 그렇게 불에 타 죽었다. 검게 탄 얼굴이 웃고 있었다. 웃음을 멈추려 해도 멈출 수 없었을 것이다. 수는 울어야 할 때 언제나 웃었기 때문이다. 수와 암탉이 없어 새벽도 없었다. 매일매일 어두운 밤 같았다. 집은 적막했다. 적막을 깨고 암탉이 털을 세우듯 수가 머리를 치켜들고 요란하게 튀어나올 것만 같은 환영에 시달렸다.

연희가 암탉이 된 것일까. 어깨와 가슴, 배에 오종종히 살이 올랐다. 마을 사람들의 눈은 연희의 배를 궁금하게 바라봤다. 그 바보와 언제…. 식을 올리기 전이었다. 배가 점점 불러오자 땀이 줄기차게 흐르던 여름에 온다 간다는 말도 없이 연희는 떠났다. 파마를 하고, 검은 바탕에 빨간 장미 무늬가 화사한 원피스를 입고, 눈 밑의 검은 점과 어울리는 빨간 루주를 바르고, 빨간 구두를 신고, 빨간 핸드백을 들고 버스 정류장에 오래도록 서 있다가 버스가 오자 그 버스를 타고 떠나더라고 연희를 본 마을 사람이 전해줬다. 연희는 가방을 놓고 떠났다. 홀로 남은 나는 사는 일이 맥없고 괴로웠다.

무당은 내게 그림을 그려달라고 했다. 남해의 굿은 민화 없이는 할 수 없었다. 있던 그림마저 사라지고 복사본이 굿판을 떠돌았다. 누군가 무당집에 있는 내 그림을 사들인다고 했다. 나는 사는 것마저 귀찮아서 왜 사가는지 알려고 하지 않았다. 사라져가는 우리의 옛 그림을 보존하고 전승하자는 늦바람이 일 때였다.

수가 죽고 연희가 떠난 해, 나는 인간문화재가 됐다. 마음이 막히니 그림도 막혔다. 민화를 전공한 민 교수가 찾아온 것도 그 무렵이었다. 인간문화재가 된 내가 그림을 그리지 못하고 있자 그 사연이 궁금해 찾아온 것이었다.

그림을 그리지 못하는 이유라도 있으십니까?

민 교수가 물었다.

없어. 내가 그리기 싫어 안 그리는데 왜 이유가 필요해.

나는 심술궂은 영감처럼 쏘아 대꾸했다. 민 교수는 끈질기게 마을을 들쑤시고 다니며 나에 대해 갖가지 뒷조사를 했다. 수의 죽음 때문에 상실감으로 그림을 그리지 못하는 거라고 마을 사람들은 생각했기에 수고의 소득은 얻지 못한 듯했다. 민 교수는 사라져가는 민화의 계승자가 되어 보겠노라며 서울에서 수시로 내려와 늙고 병든 나를 위해 손수 밥상을 차렸다. 민화를 보존해야 한다며 대학에 민화 전공과목이 신설될 때였다. 문화센터나 평생교육원에도 민화 프로그램이 활성화되고 있었다. 인사동 골목에는 해외 여행객들을 상대로 민화가 팔렸다. 밑그림을 본뜨고 그 위에 색을 입히는 작업은 꼼

꼼하고 섬세하기만 하면 원본과 흡사하게 그려낼 수 있어 모조품이 많았다. 그러나 얼른 보면 같아 보이지만 자세히 들여다보면 진품과 모조품은 확연히 달랐다. 노장의 그림은 은은한 색채와 인위적이지 않은 소탈한 미가 흘렀다.

민 교수는 나를 스승님이라 불렀다. 그리 불러라 하지 않았는데도 스스로 와서 그리 불렀다. 민 교수가 내게 스승님이라 부르자 마을 사람들마저 나를 새로이 여기는 눈치였다. 인간문화재가 된 후에도 마을 사람들은 여전히 나를 민화장이라 불렀기 때문이다. 민 교수는 민화에 관한 이론이 밝았다. 민화란 서민들의 생활 모습이나 민간 전설을 그림으로 그려 현실 세계의 염원과 꿈을 비현실 세계 설화로 꾸며 비과학적이고 비논리적인 무속의 세계까지 접근한 거라고 했다. 그것은 전혀 틀린 말은 아니었다. 그러나 나는 이론에만 밝은 민 교수를 보면 저절로 미간이 찌푸려졌다. 민 교수는 나로부터 그림 실력을 인정받지 못하자 서울과 남해를 오가며 자신의 칼럼에 나를 실어 입지를 넓히기 시작했다. 마치 제자라도 된 듯 내 그림 옆에 민 교수가 붓을 들고 있는 사진이 내가 알지도 못하는 화보에 실렸다.

스승님, 재능은 타고나는 것입니까? 연마하는 것입니까?

민 교수의 물음이었다. 예술인이라면 자신의 재능에 대해 끊임없이 고민하고 묻고 싶은 질문이었다. 누구는 나면서부터 타고난다고 하고, 누구는 노력해서 된다고 했다. 나는 완고한 늙은이답게 말했다.

노력과 경험의 축적이지. 수만 장을 그리다 보면 자연히 그려지게 돼. 내 경우엔 그랬어.

민 교수는 낯빛을 바꾸지 않고 물었다.

스승님, 드시고 싶은 게 있으십니까?

팥죽.

민 교수가 사 온 팥죽을 보자 손이 간헐적으로 떨려왔다. 붉은 팥죽은 암탉의 눈물이자 수의 눈물 같았다. 나는 숟가락을 놓고 붓을 잡았다. 예쁘지는 않으나 예뻐 보이는 얼굴에 사마귀만 한 검은 점이 있고, 어깨와 가슴은 오종종히 살이 오르고 배의 곡선이 없는, 내가 마지막으로 본 연희의 모습을 그렸다. 나는 마음과 행동이 엇갈린 사람처럼 수를 생각하며 연희를 그렸다. 내가 그림을 그리는 동안 민 교수는 곁에 앉아 물끄러미 지켜보다가 물었다.

스승님, 이 여인은 누구입니까?

….

백발의 귀밑머리가 바람에 미세하게 흔들리는 순간이었다. 나는 연희,라고 말했다. 거의 입술만 달싹이는 정도였기 때문에 민 교수는 뭐라구요?라고 여러 번 되물었다. 나는 온 힘을 다해 연희,라고 말했다. 민 교수는 자신의 소리에 내 소리가 묻힐까 싶어 숨도 쉬지 않은 채 자신의 귀를 내 입술에 갖다 대었다. 그래도 알아듣지 못했는지 내 입술 모양을 뚫어지게 바라봤다.

내가 죽자 민 교수는 장례를 치르고 내가 그리다가 만 연희의 그림을 소중히 싣고 떠났다. 내가 살던 집은 지정문화재 가옥으로 보존되고 관리됐다. 남해를 찾는 관광객들은 명소가 된 내 집을 찾았다. 나를 두고 이렇게 수군댔다. 평생 가난하게 살면서 한길을 걸어왔다고. 아들이 죽은 이후 그림을 그리지 못하다가 민 교수를 만나 죽은 아들 대신 민화에 모든 것을 전수해주고 생을 마쳤다고. 그것은 틀린 말이다.

내가 죽은 날, 구화가 허름한 보건소에서 태어났다. 밀물이 들어오기 전 한가한 오후였다. 갯벌에서는 아낙들이 띄엄띄엄 앉아 함지박에 굴을 캐 담고 있었다. 배는 보이지 않고 먼 데서 뱃고동 소리만 아득히 들려왔다. 봉고차에 여자들을 태우고 온 박수가 쓰러져 있는 만삭의 연희를 안아 보건소 안으로 옮겼다. 간호사는 없고 의사 혼자 있는 보건소였다.

나오려면 멀었습니다.

의사는 노란 수술용 장갑을 손에서 벗겨내며 박수에게 말했다. 여자들의 웃음소리가 보건소 안을 채웠다. 박수는 여자들을 감시했다. 연희는 커튼을 사이에 두고 누워 신음했다.

저기요.

연희는 울음 섞인 목소리로 불렀다. 주변이 하도 소란스러워 연희의 목소리는 커튼 밖으로 새어 나오지 않았다. 연희는 진통 끝에 아이를 낳았다. 붉은 핏덩이를 안고 보건소 앞에서 있는 연희를 향해 박수가 운전대를 잡은 채 경적을 울렸다.

거 안 탈 거요?

박수가 버럭 소리를 질렀다. 병원비까지 지불해준 박수를 따라 연희는 얼결에 봉고에 올랐다. 도포처럼 큰 배냇저고리 속에서 갓난아이 손가락이 꼼지락거렸다. 한 여자가 아이 이름이 뭐냐고 물었다. 다른 여자가 우물에서 숭늉 찾느냐, 이제 막 낳은 아이를 언제 이름을 지었겠느냐, 대신 아빠는 있느냐고 물었다. 아빠가 있으면 이런 곳에서 애를 낳았겠느냐며 먼저 물은 여자가 대답했다. 자기네들끼리 묻고 자기네들끼리 대답했다. 연희는 골똘히 생각하다 대답했다.

민화, 아니 구화요.

구화는 그렇게 태어나 집창촌에서 자랐다. 구화는 엄지손가락을 빠는 습관이 있었다. 하도 빨아서 엄지손가락이 새끼손가락만큼 길었다. 손가락 빠는 것은 내 어릴 적 습관이었다.

구화가 다섯 살 되던 해였다. 연희는 목욕 가방을, 구화는 노란 요구르트를 든 채 집창촌 좁은 골목길을 뛰었다. 박수가 뒤를 쫓았다. 물에 젖은 슬리퍼 때문에 연희의 발목이 꺾였다. 주춤하는 사이 박수가 연희의 물기 젖은 머리채를 부여잡았다. 퍼렇게 질린 연희 뒤에 요구르트를 든 구화가 매달려 있었다. 찐득한 요구르트 액이 모녀를 붙여놓은 듯했다. 박수가 막무가내로 발길질을 해대자 연희는 새알을 보호하듯 구화를 품었다. 연희의 눈두덩이 퍼렇게 변했다. 땟국물 묻은 작은 손이 퍼런 눈두덩을 어루만졌다. 그런 모녀를 본 박수가 분이 가라앉았는지 자신이 신고 있던 신발을 맨발인 연희에게 벗어던졌다.

집창촌 여자들은 중천까지 잠을 자고, 줄지어 목욕을 다녀오고, 다리를 뻗고 앉아 담배를 태우며 화투를 치고, 긴 시간 화장을 했다. 간혹 수다 속에 서러운 사연이라도 섞여 나온 날은 마스카라가 눈물에 녹아내렸다. 연희는 그녀들과 달리 시내에 나가 그림 도구를 사고 팥죽을 사 먹었다. 박수가 허락한 일이기에 가능한 일이었다. 박수는 어린 구화를 차에 태우고 다녔다. 박수는 화방 앞에 차를 세워놓고 백미러로 구화를 흘끔거렸다. 연희를 빼닮은 구화는 마네킹처럼 움직이지 않았다. 그런 구화를 두고 연희가 도망가지 않을 거라고 박수는 확신했다. 그림 도구를 산 연희는 화방을 나와 구화 손을 붙들고 생선 비린내가 진동하는 데다 시끌벅적한 어시장을 이리저리 쏘다녔다. 화장품 가게와 정육점을 지나 잡화 가게가 있는 곳에서 구화에게 빨강 원피스를 골라 입히고 리본이 달린 빨강 구두를 사 신겼다. 연희의 손에 매달려 걷는 구화는 붉은 햇병아리 같았다. 좁은 골목으로 사라지는 모녀 뒤를 박수가 간격을 두고 뒤따랐다. 구화는 이따금 뒤를 돌아보며 걸었다. 박수는 건들건들 뒤따르다 구화와 눈이 마주칠 때면 물건을 고르는 척하며 딴전을 부렸다. 연희는 발이 쳐진 허름한 식당으로 들어갔다. 박수도 따라 들어가 입구 쪽에 비스듬히 앉았다. 한산한 시간 때라 식당 안은 모녀와 박수뿐이었다. 주인이 탁자 위에 컵을 내려놓자 연희가 팥죽요,라고 주문했다. 박수도 따라 주문하려 할 때 구화가 얼른 나서서 선짓국요, 아무거나 빨리 되는 거로요,라고 대신 주문해줬다. 평소 박수의 말투를 흉내 낸 거였다. 순간 박수의 입가에 미소가 번졌다 사라지는 것을 구화는 놓치지 않고 볼 수 있었다. 연희가 붉은 죽 속에 있는 새알을 건져 구화의 입속에 넣어주자 구화가 하나, 하고 수를 세었다. 새알을 세며 먹는 모녀를 박수는 선짓국을 마시며 투가리 너머로 눈을 굴려 흘끔거렸다. 박수가 모녀에게 특별한 대우를 해주고 있다면 아마도 모녀의 다정한 모습 때문일 것이다. 분명 박수에게도 사연이 있어 보였지만, 그 속마음까지는 망자인 내 눈에는 보이지 않았다.

구화는 애어른 같았다. 연희는 엄마를 기쁘게 해주려고 그림을 그렸다. 구화를 보며 생각했다. 기쁨을 주려는 마음은 사랑받고 싶은 거라고. 낮게 내려앉은 집창촌 위 옥탑방에서 모녀는 생활했다. 새벽이슬에 젖은 철 계단에서 통통 소리가 들리면 구화는 엄마다, 하며 달려나가 안겼다. 옥탑에서 아래를 내려다보면 낮은 주택들이 한눈에 보였다. 더 멀리 바라보면 바다도 보였다. 구화는 피에로가 된 연희 얼굴에 자신의 작은 얼굴을 비비며 '효(孝)'란 한자 그림을 펼쳐 보였다. 구부러진 획의 글자 안을 채우고 있는 것은 잉어였다. 연희는 구화를 품에 안고 훙청훙청 말했다.

옛날 옛적에 효성이 지극한 아이가 병든 엄마에게 잉어를 잡아서 병을 낫게 해주려 했대. 그런데 얼음이 단단해 깨지지 않자 아이가 얼음 위에서 울고 있었대. 그 모습이 하도 기특해서 신령님이 나타나 아이에게 잉어를 주었대. 그 뒤로 효(孝)란 한자 그림 속에는 잉어 그림이 그려지기 시작했데.

효에 관한 설화였다. 수십 번도 넘게 들은 이야기를 구화는 처음 듣는 것처럼 들었다. 방 벽에 붙어 있는 그림은 모녀가 그린 그림들이었다. 연희는 자다 깨다 하며 구화의 그림 그리는 모습을 흐뭇하게 바라보곤 했다. 구화는 혼자 있는 시간 대부분 그림을 그리며 보냈다. 구화는 학교에 가지 못했다. 연희의 볼모로 옥탑방에 갇혀 생활했다. 말없이 나간 날에는 박수가 연희를 옥탑에 있는 골방 창고에 가두고 매질했다. 냉기가 흐르고 불빛이 차단된 골방에선 시체 썩은 냄새가 났다. 그것은 먼지와 함께 쌓여 있는 연희의 그림에서 나는 아교 냄새였지만, 그림은 연희 따라 대수롭지 않게 취급됐다. 구화는 연희를 위해 스스로 옥탑방에 들어가 나오지 않았다.

민화 속에 아빠 신이 있어. 아빠가 우리 구화를 구하러 옥탑방으로 찾아올 거야.

혼자 시간을 보내는 구화를 위해 연희가 해준 말이었다. 그림에서 시체 썩는 냄새가 났다. 접착제인 아교에서 나는 냄새였다. 구화는 아빠 신이 죽었기 때문에 그림 속에서 시체 썩은 냄새가 나는 거라고 생각하는 것 같았다. 아빠가 죽었다고 말해주는 사람은 아무도 없었지만, 죽지 않고서야 아빠가 없을 리 없고 그렇지 않고서야 어떻게 아빠가 민화 신이 되어 자신을 구해줄 수 있겠는가. 구화는 스스로 그렇게 생각하고 있는지도 몰랐다.

연희는 박수의 감시를 피해 틈만 나면 달아나려 했지만, 매번 실패했다. 그럴 때마다 골방에 갇혀 매를 맞았다. 잦은 매질로 연희는 형광등처럼 정신이 깜박거렸다. 박수는 튀어나온 눈을 까뒤집으며 연희를 패다가도 연희에게 팥죽을 사다주고 구화에겐 인형을 안겨주었다. 연희에게 팥죽은 그냥 팥죽이 아니라는 것을 박수도 아는 것 같았다.

오빠는 믿어? 설화를….

연희는 팥죽을 허겁지겁 먹으며 말했다. 내가 친척 집을 떠돌 때 내 또래의 사촌들 이름을 기억하기도 전에 나는 또 다른 친척 집으로 옮겨 다녔어. 엄마 아빠는 없는데 친척은 그리 많은지. 그 많은 친척 집 중에 내가 있을 곳은 어디에도 없었어. 내가 마지막으로 간 집이 어딘지 알아? 시집이었어. 나는 하도 많이 옮겨 다녀서 어디를 가든 가방을 풀지 않았는데 시집에서는 가방을 풀었어. 그 기분이 어떤 건지 알아? 불안하지 않은 거. 살면서 또 어디론가 가야 할지 모른다는 불안 말이야. 거긴 진짜 내 집 같았어. 그곳엔 민화가 있고 소망이 있어. 팥죽이 액운을 쫓아준댔어. 민화가 아니, 구화 아빠가 우리 구화를 지켜줄 거야.

연희는 묵묵히 듣고 있는 박수에게 쉼 없이 주절거렸다. 정에 굶주린 사람은 자기 말을 말없이 들어주기만 해도 호의를 베푼다고 생각했다. 곁에서 듣고 있던 구화의 눈은 초롱초롱 빛났다. 연희의 말이 맞다. 내가 서둘러 죽음을 자초한 이유다. 그렇지만 나는 구화에게 아무것도 해줄 수 없었다. 살아생전 수에게도 잘해준 기억이 없다. 알을 낳는 암탉을 흉내 내던 수의 꼴이 병신 짓 같아서 하지 말라고 여러 번 제지하다 울화통이 터져 매질을 했었다. 매로 고쳐질 병이 아니라는 것을 알면서도 수의 미래를 구실삼아 화를 절제하지 못했다. 반면 같은 자식이라고 나조차 함부로 대하지 않았던가. 아니다. 내가 아픈 건 정작 그런 이유가 아니다. 달걀은 마음이었다. 그것은 수의 것이어야 했다.

구화가 문화 포럼 행사에 초대됐다. 진도 전시관은 구화가 사는 곳 하고 그리 멀지 않은 곳에 있었다. 민 교수와 구화가 나란히 앉았다. 기자들이 카메라 플래시를 바쁘게 터뜨렸다. 구화는 어항 속에서 나온 물고기처럼 숙연해 있다. 기자 한 명이 민 교수에게 질문을 던졌다.

최근 민화를 길상화로 불러야 한다는 의견이 나왔습니다. 이 의견에 대해 민 교수님은 어떻게 생각하십니까?

글쎄요. 궁중 그림을 길상화로 불러야 하는 것은 맞습니다만, 명칭으로 장르를 구분 짓는 것은 고민해볼 문제라고 봅니다.

민초의 한을 그려온 민 교수의 답변치고는 옹색했던지 기자는 곧바로 구화에게 같은 질문을 던졌다. 구화가 숙연하게 답변했다.

길상화와 민화는 복을 비는 의미는 같지만, 복을 비는 대상이 다릅니다. 민화는 민초들의 한을 극복하고 고통을 견뎌내기 위한 그림입니다. 수만 가지 번뇌를 그리려면 수만 가지 아픔을 공감할 수 있어야 합니다. 그래야 비로소 민초들의 소망을 민화로 그릴 수 있습니다. 그런 의미에서 길상화와 민화는 다른 장르라고 생각합니다.

민 교수의 얼굴이 굳어졌다. 옥탑방에 갇혀 생활한 구화는 제대로 된 교육조차 받지 못했다. 구화의 말을 듣고 있던 기자가 덧붙였다.

예술가에게 고통은 신이 주는 꽃이군요.

질문이 끝나자 구화가 큐레이터의 안내를 받으며 전시장을 돌았다. 기자들이 따라붙었다. 민 교수의 눈꺼풀이 파르르 떨렸다. 구화가 미완성인 내 그림 앞에 멈춰 섰다. 그림 속에 연희가 걸어 나와 서 있는 것 같았다. 나는 가슴이 뛰었다. 구화가 아비에 대해 들은 거라곤 아비가 민화 신이 되어 자신을 지켜줄 거란 말밖에 없다. 인간문화재 계승자는 민 교수가 아닌 바로 내 딸 구화라고 내 딸에게 어떻게 전할 수 있단 말인가. 그럴 자격이나 내게 있을까. 구화는 수와 목숨을 맞바꾼 내 딸이다. 자식을 잃고 자식을 얻었다. 굳이 변명하자면 천박한 환쟁이가 저지른 사랑이란 말은 참아 입에 담기도 부끄러운 아비의 광기로 해두자. 아니다. 그런 표현조차 너무 과분하다. 나는 민초들의 한을 알기는커녕 수마저 제대로 품지 못한 천륜을 저버린 아비였다. 십칠 년을 망자로 살며 겨우 하나를 깨달았다. 하나의 깨달음도 이렇게 더디 걸렸다.

민 교수가 다가와 기자들에게 그림을 설명하기 시작했다.

이 그림은 돌아가신 스승님의 마지막 작품입니다. 여인의 상체까지만 그린 미완성입니다. 아들을 잃은 슬픔 때문에 그림을 그리지 못하시다가 어느 날 팥죽을 찾으시더니, 그 팥죽을 보시고는 이 그림을 그리다 돌아가셨습니다.

구화는 선문답 같은 말을 했다.

사랑도 아픔이어서 먹지 않고는 견딜 수 없는 인이 박이는 음식이 있답니다.

기자들이 황급히 받아 적으며 질문을 하려 하자 구화는 자리를 옮겨 그림을 둘러 본 후 여자 화장실로 들어가 사람들 눈에 띄지 않게 소리 없이 전시관을 빠져나갔다. 나도 구화를 따라 전시관 밖으로 나왔다.

비가 흩날렸다. 무녀가 볏짚으로 된 돗자리를 둘둘 말아 일곱 매듭으로 묶어 세웠다. 나는 쉬고 싶었다. 무녀가 고(鼓)를 차일 기둥에 묶자 옆에서 풍악대가 징을 쳤다. 나는 소리에 휩쓸려 볏짚 속으로 들어갔다. 무녀가 쑥물과 향 물을 빗자루로 찍어 볏짚에 발랐다. 무녀는 차일 기둥에 묶어놓은 고를 풀며 장삼 가락에 맞춰 무가를 불렀다. 풍악대가 중모리 장단에 맞춰 피리, 대금, 해금, 장구, 징을 쳤다. 연희가 볏짚으로 다가왔다. 나는 연희를 바라봤다. 연희도 나를 바라봤다. 연희는 나를 보자마자 눈을 흡떴다. 입에는 음식을 머금고 있었다. 음식이 기도를 막았는지 목이 조이는 시늉을 했다. 연희가 볏짚 위로 쓰러졌다. 연희도 나와 같은 망자가 됐다. 연희의 몸에서 수가 나왔다. 연희의 몸에서 연희가 나왔다. 나는 다 소멸하고 빈 몸이 되어 볏짚 속으로 들어온 모두를 끌어안았다. 내 몸이 솜털처럼 가벼워 절로 떠올랐다. 저 아래 옥탑방이 까마득히 보였다.

옥탑방 속에서 구화의 목소리가 아득히 들려왔다.

아버지는 믿어? 설화를….

연희가 나를 아버지라고 부른 것처럼 구화가 박수를 아버지라고 부르고 있었다. 구화는 땅거미 그늘처럼 앉아 붓을 잡고 있었다. 붓 끝을 바라보고 있는 박수의 침묵이 무거워 보였다. 그림을 구경하는 것도 같고 구화를 감시하는 것도 같았다. 박수의 머리는 나와 같이 벚꽃처럼 희었다.

개다리
소반

개다리소반

위안, 기억나니? 그물공장 뒤쪽으로 난 골목길을 오르면 여고가 나와. 당신이 갈래머리를 하고 다니던 학교였지. 나는 넓은 길을 놔두고 그 좁은 길을 오르곤 했어. 그 길은 한 번 들어가면 돌아 나올 수 없는 미로 같았어. 그 길을 오르면 마을이 한눈에 보였지. 그물공장 밑에 마을이 있었고 마을 밑에 갯가가 있었어. 집집이 낮은 담장에는 이불이 걸려 있고, 담벼락에는 201호, 202호, 203호가 문패 대신 적혀 있었어. 이제 다 헐리고 현대식 건물로 지어진 전시관과 테마파크가 들어섰어. 당신이 흥얼거리며 노래했던 작곡가의 전시관이야. 작곡가의 생가는 내 공방 옆에 있어. 산복도로 공사로 1m만 밀고 들어오면 여기마저 철거돼. 오늘 밤이 지나면 난 공방을 비워줘야 해. 위안, 이 공방이 사라져도 찾아올 수 있겠니?

이 공방에서 만든 마지막 작품이 될지도 모르는, 피나무 개다리소반이다. 발그레 옻칠한 소반에 윤기가 돈다. 상다리의 굵은 쪽이 종아리고 안으로 휘어 잘록한 쪽이 발이다. 국화약소반을 받치고 있는 상다리는 두 마리의 개가 서로 마주 보고 서 있는 형태다. 나는 손끝으로 소반을 쓰다듬으며 껄끄러운 부분이 없는지 확인한다. 조각칼로 피나무를 도려낼 때 심장을 도려내는 것 같았다. 아프지는 않을까. 위안의 심장을 긁어 파는 것 같아 나무껍질 하나도 마구 다룰 수 없었다. 피나무가 공방에 왔을 때, 결만 보고도 알았다. 톱으로 자를 때 물기 없고 메마른 흙에서 자랐다는 것을 알 수 있었다. 둥근 띠 모양의 나이테를 자세히 들여다보았다. 두터운가 하면 실처럼 가늘었다. 찌그러지고, 굴곡이 심했다. 위안이 목을 매 죽은 나무도 피나무였다. 피나무의 나이테를 세어보니 22개. 위안이 죽은 지도 22년이 됐다.

피나무가 위안 같아 나는 묻는다.

힘들었니?

내가 묻자 피나무가 울기 시작했다. 울음이 멈출 때까지 기다렸다. 기다림은 마음의 대화다. 사연 없는 생명은 없기 때문이다. 울음이 멈췄을 때, 나는 비로소 말을 붙여 다가갔다.

위안, 내가 당신에게 말했던가. 내 어머니 얘기를…. 소반은 집집이 하나씩 있었지. 어머니는 새벽이면 일어나 흑칠 소반을 깨끗하게 닦은 후 샘물을 떠놓고 치성을 드렸어. 아무리 오래돼 칠이 벗겨진 소반이더라도 물기 묻은 행주로 닦아놓으면 막 옻칠한 것처럼 윤이 반질반질 났지. 어머니가 부엌에서 상을 차리고 있다는 것을 소리로 알 수 있었어. 그릇과 소반이 부딪히는 명징한 소리, 숟가락과 젓가락이 놓이는 소리로.

어느 날 집에 들어와보니 어머니가 보이지 않았어. 소반 위에 감자와 소금 종지기만이 놓여 있었지. 막 찐 감자였어. 나는 포근포근한 감자를 굵은 소금에 찍어 게 눈 감추듯이 먹다가 갑자기 목이 멨지. 감자 때문만은 아니었어. 슬픔은 자신이 온다는 것을 그렇게 불쑥 알려왔지. 그날 이후 어머니의 모습을 볼 수 없었어. 어머니가 보고 싶을 때마다 소반 위에 엎드려 울었어. 한 뜨내기 선장과 눈이 맞아 도망쳤다는 어머니에 대한 소문이 내 귀에 들렸지. 자신의 배를 가지고 다니는 부자라고 했어. 어머닌 무척 고왔지. 나를 많이 사랑해주셨어. 그래서 나는 믿을 수 없었어. 아버지는 주정꾼이 됐지. 심한 폭언과 매질을 내게 했어. 술을 마시면 내가 어머니로 보였던 거야. 나는 불행했어. 불행해질수록 어머니의 소문을 점차 믿게 됐지. 누가 뭐래도 믿지 않으려 했는데 불행하다는 생각이 들수록 믿음은 불신으로, 다시 미움으로 바뀌었지. 아버지는 술 없인 살 수 없었어. 아버지에게 술은 어머니 같았어. 매일 술통을 끌어안고 살았어. 아버진 곤드레만드레가 돼도 주문받은 물건 날짜를 한 번도 어긴 적 없었지. 아버지에게 공방 일만큼은 천직이었어.

침묵이 감돈다. 침묵만큼 진지한 경청은 없다. 적요한 공방 내부를, 사진을 찍듯 눈에 넣는다. 삼대를 이어온 공방이다. 장인의 삶도 별다를 게 없다. 걸작을 만들어보겠다는 열정 같은 건 없었다. 그저 인내였다. 포기하지 않고 한길을 걸어왔을 뿐이다. 소반을 찾는 사람들을 만나면 고마움과 쓸쓸함이 교차한다.

대를 이어 소반장이가 될 생각은 하지 않았다. 계집아이가 호기심 많은 눈으로 공방을 기웃대며 자개로 시문(施文)한 나비를 들여다보며 콧노래를 흥얼거리는 것을 엿보고부터였다.

노래 음에 따라 나비가 움직이는 것 같아.

위안이 노래를 흥얼거리다 말고 말했다. 나는 정말 나비가 움직이는지 확인해보려고 다가갔고, 위안과 나는 소꿉친구가 됐다. 나는 위안에게 자랑하고 싶어 소반을 만들기 시작했다. 소반에 나비를 붙이기 위해 아버지가 아껴둔 전복 껍데기를 훔쳤다. 위안의 손바닥만 한 거였다. 타원형의 전복 끝에 울퉁불퉁한 부분을 자른 후 전복 껍데기 뒷면을 얇게 갈았다. 종이처럼 얇아진 전복 껍데기를 나비 문양으로 오려 상판에 붙인 후 옻칠했다. 위안은 내가 만들어준 소반을 품에 안고 내 손을 잡아끌었다. 위안의 손에 붙들려 나는 사람이 살지 않는 빈집 속으로 숨어들었다. 빈집은 아늑했다. 위안은 소반 앞에 무릎을 접고 앉아 잠자고 있는 나비의 영혼을 깨우려는 듯 콧노래를 흥얼거렸다.

달무리 뜨는 달무리 뜨는 외줄기 길을 나 홀로 가노라.

옛날에도 이런 밤엔 호올로 갔노라.

마음에 솟는 빈 달무리 두둥둥 띄우며 나 홀로 가노라.

위안이 말했다.

이 노래 이 집에 살던 사람이 지은 거래. 유명한 작곡가랬어.

위안은 성악가가 꿈이었다. 위안은 폐가가 된 집에서 음악의 정기라도 받으려는 듯 비밀스럽게 드나들었다. 나는 위안의 콧노래를 따라 부르며 소꿉놀이를 했다. 위안은 내가 만든 소반 위에 밥상을 차렸다. 위안이 갯가로 달려나가 치마폭에 조개를 한 아름 주워왔다. 위안은 조개껍데기 속에 모래 밥을 담고 파래로 국을 끓였다.

벨 볼 끼 엄서도 써언한 파래탕에 밥도 마이 무-서.

그 밥을 먹는 시늉을 하면서 소녀보다 소년이 더 부끄럼을 많이 탔던가. 그렇게 위안과 갯마을에서 자랐다. 여고를 졸업한 위안은 성악을 전공하기 위해 서울로 진학했다. 나는 고등학교를 겨우 졸업하고 공방에서 아버지 일을 도왔다. 위안의 어머니는 기세등등해져 딸의 대학 진학을 자랑했다. 집안 좋은 유망한 젊은이가 위안을 마음에 두어 집까지 찾아온 모양이었다. 함께 유학 가고 싶어 허락받으러 온 거라고 묻지 않은 말을 늘어놓았다. 처지가 다르니 위안을 마음에 두지 말라는 충고로 들렸다. 어릴 적부터 소꿉놀이하며 남달리 친했던 사이를 염두에 두고 한 말이었다. 위안과 내가 편지를 주고받고 있다는 것이 집배원을 통해 소문이 나는 것은 자그마한 갯마을에서 이상한 일도 아니었다.

한 학기를 마치고 여름방학이 되자 위안이 내려왔다. 그을렸던 얼굴은 갯가 소녀답게 그을렸던 얼굴은 어느새 우윳빛이 돼 있었다. 갈래머리는 길게 풀려 치렁거렸고 윤이 났다. 나는 목이 늘어진 티셔츠 차림으로 흙벽 공방에 틀어박혀 한물가버린, 아무도 찾지 않는 소반을 만들고 있었다. 나는 위안 앞에서 한없이 초라했다. 그런 감정 때문이었을까. 찾아온 위안에게 냉정했다. 위안은 계속 찾아와 공방에 걸려 있는 낡고 해진 옷을 빨고, 흙벽 방을 걸레질했다. 밥까지 지어 소반을 들고 걸어 나오는 위안의 자태가 눈이 부셨다. 소반은 안정감을 주는 너비와 몸을 심하게 구부리지 않고 팔을 실용적으로 움직일 수 있는 높이로 만들어졌기에 일하는 모습마저 아름답게 보였다. 위안은 졸업하면 고향으로 내려와 아이들을 가르치며 살 계획이라고 했다.

이렇게 네 곁에서 노래하며.

끝말은 위안답지 않은 말이었다. 도시 처녀가 되어 돌아온 위안의 가늘고 흰 손이 밥뚜껑을 열자 김이 모락모락 올라왔다. 그 평화로운 밥을 바라보며 나는 화가 치밀어 올랐다. 옹졸함이었다. 초라함이었다. 질투였고 분노였다. 나는 망나니처럼 소반을 걷어차며 소리 질렀다.

쌔기 가.

연정은 돌이켜보면 아쉬움뿐이다. 나는 피나무 개다리소반을 들고 일어나 문을 열었다. 방에서 부엌으로 출입하는 문이다. 이처럼 공방은 문이 많다. 방에서 부엌으로, 부엌에서 다락으로, 다락에서 벽장으로. 문은 편리함을 위해 만들어진 길 같다. 부엌은 솥을 걸고 흙을 발라 만든 재래식이다. 물 묻은 행주를 쥐고 솥뚜껑을 열었다. 무거운 솥뚜껑일수록 밥이 맛있다. 누군가 가마솥 밥을 보고 멋지게 사시네요,라고 했던가. 간편함을 위해 얼음밥을 전자레인지에 녹여 먹는데 내가 사는 방식이 고집 같다. 간편한 건 왠지 설고 불편한 것이 습관이 돼버렸다. 가마솥 밥은 아궁이를 떠나 있으면 안 된다. 강한 불을 지폈다가 솥뚜껑 끝으로 밥물이 삐찍삐찍 흘러나오면 화력 센 나무를 빼내고 가랑잎으로 뜸을 들여야 한다. 불이 붙은 나무에는 물을 뿌려 숯을 만들어놓았다가 재사용하곤 한다. 번거로운 것도 손에 익으니 불평 없이 하게 된다. 정성은 시간이라 뭐든 쉬이 되는 것은 미덥지가 않다. 나는 은빛 광택이 나는 양은그릇에 밥 두 공기를 푼다. 파래초무침과 미역무침, 깍두기를 옴팍한 접시에 옮겨 담고 달궈진 석쇠에서 자반고등어 구이를 꺼내 긴 접시에 담는다. 석쇠 구이는 강한 불로 구워야 제맛이다. 약한 불로 구우면 살이 퍼석퍼석해진다. 강하고 약한 것, 길고 짧은 것이 다 시간하고 직결되는 것 같다. 몇 발짝 발을 옮겨 쌍둥이 솥뚜껑을 연다. 파랫국이 돌돌 휘돌며 끓고 있다. 파랫국을 국그릇에 뜬다. 소반을 양손으로 들고 발로 문을 민다. 소반을 아랫목에 내려놓고 앉는다. 나는 위안의 밥공기에 숟가락을 찔러 넣고 말한다.

벨 볼 끼 엄서도 써언한 파래탕에 밥도 마이 무-서.

위안이 소꿉놀이하며 내게 했던 말이다. 홀로 밥을 먹을 때마다 소꿉놀이를 떠올리게 된다. 나는 자반고등어 구이에 붙은 살점을 떼어 위안의 밥에 올려놓는다. 마이 무-서. 죽은 사람이 대답할 리 없다. 나는 수저를 들고 뜨끈뜨끈한 국물을 후루룩 소리를 내며 떠먹는다. 소리가 방 안에 정적을 깬다. 유난히 크게 들려 나는 아무도 없는 공방을 눈으로 휘둘러본다. 후루룩. 이어 들린다. 나는 귀를 쫑긋 세운다. 다시 정적이 흐르자 나는 내 귀를 의심하며 국물을 떠먹는다. 뜨거운 국물이 위장 깊숙한 곳까지 내려간다.

사각사각.

이번엔 깍두기 씹는 소리가 난다.

위안?

대답 대신 허겁지겁 먹는 소리만 들린다.

위안, 배고팠니?

나는 목이 잠겨 묻는다. 나는 먹는 소리에 집중하다 잠시 기억 속에 잠긴다.

그때 위안이 차려준 밥을 나도 저리 허겁지겁 먹었더라면 위안이 울며 뛰어나가지 않았을 것이다. 위안을 그렇게 보내버린 후 나는 짐승처럼 소리를 지르며 뒤꼍에 쌓인 나무를 미친 듯이 도끼로 쪼갰다. 그 여름 내내 나는 공방에 틀어박혀 나오지 않았다. 위안도 찾아오지 않았다. 위안이 뒤늦게 방에 갇혀 있다가 개학도 하기 전에 학교 기숙사로 쫓기듯 올려 보내졌다고 했다. 부모가 반대해도 마음만 먹는다면 문을 부수고라도 올 수 있지 않았을까. 기차에 올라탔다가도 출발하기 전 내게 달려올 수도 있지 않았을까. 도시물이 들어 가난과 부를 놓고 저울질하느라 오지 못했을까. 나는 그렇게 생각하다가도 위안이 졸업하면 고향에 내려와 아이들을 가르치며 살겠다던 말을 되뇌곤 했다. 위안은 방학이 돼도 내려오지 않았다. 한 번인가 편지만 왔다. 자신을 붙들어달라고 했다. 내가 만들어준 소반을 침대 맡에 두고 나를 보듯 본다고 했다. 나는 답장하지 않았다. 1년 후, 위안이 결혼했고 독일로 유학을 떠났다는 소문을 들었다. 위안의 집에, 없던 소형선박이 보였다. 도색이 선명하고 낡은 데가 하나도 없는 선박이 부둣가에 단단히 정박해 있었다. 위안 대신 오게 됐노라고 내게 말해주는 듯했다. 선박은 장래가 유망한 청년 같았다. 나는 선박 앞에서 주눅이 들었다. 나는 위안을 잊기 위해 거칠고 비뚤어진 마음으로 방황했다. 그때 비로소 아버지를 이해할 수 있었다. 어머니를 향한 미운 감정이 위안에 대한 불신으로 굳어졌다. 몇 년을 술로 보내고 입대를 마치고 나서야, 나는 소반 만드는 일에 겨우 전념할 수 있었다.

간신히 마음을 다잡았을 때, 위안이 죽었다는 소문이 들렸다. 위안이 독일 집 마당에 있는 피나무에 목을 매 자살했다고 했다. 국제우편 한 통을 받은 적이 있었다. 자살했다는 말을 듣기 1년 전이었다. 나는 편지를 뜯어보지도 않은 채 불에 태워버렸다. 위안의 유서일지도 모르는 편지는 불 속에 묻혀 버렸다. 마음이란 그렇게 헛되고 얄팍했다. 그때 위안의 편지를 읽었더라면 어떻게 됐을까. 무엇 때문에 위안을 향한 내 마음이 그토록 고집스러웠던 것일까. 위안을 한순간도 잊은 적 없지만, 진실일수록 진실과는 멀게 행동해졌다. 나는 위안을 붙들지 못한 나 자신에게 화를 내고 있었는지도 모른다.

밥 한쪽 귀퉁이가 움푹 파여 있다. 수저는 완강하게 놓여 있다. 귀신이 파먹은 밥이 분명하다. 트림 소리가 났다. 식도 뚫린 소리가 기차 화통 같다. 트림 소리로 위안이 아님을 알게 된다. 굵은 남성의 성대에서 나는 소리였다. 나는 실망과 놀라움으로 다그치듯 묻는다.

누구십니까?

잘 다듬어진 음성이 대답한다.

나 말이오? 나를 황동 나비로 불러주시오. 나는 육체가 없는 영혼이오.

….

이번엔 그가 내게 묻는다.

22년 만인 것 같구려. 고향에 온 것이. 마을 한 바퀴를 둘러보았지만, 추억할 만한 모습은 없구려. 다행히 내 집 옆에 당신 공방이 있어 고향에 왔다는 것을 겨우 실감했소. 고향이 낯설구려. 다들 어디 간 것이요? 이사 간 것이요? 또 당신은 누구와 그렇게 대화하고 있었던 것이오? 내 귀에는 당신 목소리만 들리더군. 덕분에 나는 긴 잠에서 깰 수 있었소.

위안에게 혼자서 수없이 한 독백이지만 어리둥절하기만 하다. 나는 대답한다.

입버릇처럼 혼자 한 말인걸요.

당신 말을 듣는 상대가 죽은 사람 같구려. 내 귀에도 들렸던 것으로 봐서. 밥, 고맙게 잘 먹었소. 이 파랫국을 오랜만에 먹어보는구려. 어릴 때 누나가 밥을 안쳐놓고 갯가로 달려 나가 조개니, 파래니 하는 것들을 채취해 바로 만들어주곤 했었소. 이 음식들을 먹으며 그때가 기억났소.

당신이 바로 위안이 말한 작곡가….

그나저나 어릴 때 뛰어놀던 골목이 다 사라지고 보이지 않는구려. 마을에 그 많던 하회 별신굿탈놀이 하던 무당집도, 고성 오광대놀이 가락 소리도 들리지 않는구려. 양반을 비판한 풍자 놀이였지.

양반들의 모습과 행실을 흉내 내던 가면극이었습니다.

나는 맞장구친다. 그는 내 말에는 대답하지 않고 화제를 돌려 내가 그를 볼 수 있는 것처럼 질문한다.

그런데 이것들은 다 무엇이오?

그의 눈이 어디를 보고 묻는지, 무엇을 만지며 묻는지 전혀 배려하지 않은 질문이었지만, 그가 연장을 보고 묻고 있다는 것을 알 수 있었다. 나는 기술만 물려받은 게 아니라 아버지의 손때 묻은 연장까지 물려받았다. 연장은 능률이다. 적절하게 사용되는 쓸모들이다. 별것 아닌 것 같아도 어느 것 하나만 없어도 작품은 미완성이 된다. 그러니 그 쓰임이 값지고 헛된 것이 없다. 나는 그의 질문에 대답한다.

소반 만드는 연장들입니다. 톱물리개, 부판대패, 귓돌대패, 가로지기대패, 뒤치기, 도랭이개탕. 헤아리기 힘든 만큼 많은 연장들과 작별 인사를 하며 상자에 담던 중이었습니다. 이 연장들이….

여기에 다 있군. 내 고향 추억이.

그가 내 말을 끊는다.

이 구족반은 내 집에도 있었소. 상다리가 개다리 같아서 개다리소반이라 했지. 이것은 호랑이를 닮아 호족반이라 했는데 상판 무늬를 하나하나 조각해 붙인 것이라 고풍스럽고 화려했지. 상판에 색만 칠한 것은 나뭇결이 그대로 드러나 단아해 보였지. 소반이 어머니 같다 했소? 내게도 소반은 그리운 집이자 고향이었소. 소반에서 나는 소리는 뻐꾸기 울음소리와 같이 청명했고 괘종시계 종처럼 무거웠지. 같은 소리도 환경에 따라 다르게 들리는 법이오. 곤충도 자라는 환경에 따라 다른 소리를 내지. 풀의 키에 따라, 물기가 있고 없고에 따라. 매미는 수다쟁이지. 한 번 울기 시작하면 죽을 때까지 그치지 않으니. 매미가 울면 귀뚜라미, 여치, 방울벌레, 철써기, 청귀뚜라미가 따라 울었지. 모든 곡이 그렇듯 곤충도 소리를 끝내기 전 가장 크게 울다가 잦아들곤 했소. 생명이 연주하는 오케스트라였지. 내가 음악을 시작한 건 일곱 살 때부터였소.

당신이 위안이 부른 노래를 작곡한… 그 빈집에 살았던 분이 맞나요?

그는 내 드문드문한 질문을 무시하고 자기 말만을 한다.

이 연장들이 당신 아버지의 손때이듯, 내 아버지의 손때 같기도 하구려. 여기 있는 쟁반, 제사상, 찻상, 제사에 쓰는 제기, 궤짝, 장롱, 이 피나무 뒤주까지. 내 아버지도 소반뿐 아니라 장식품까지 만들던 장인이었소. 이 뒤주도, 이 황동 나비경첩도, 내 집에 다 있었지. 이 뒤주에 붙어 있는 경첩도 당신이 직접 만든 것이오?

아닙니다.

나는 짧게 대답한다. 그의 질문이 추궁한 듯 들려 나는 찔끔한다. 뒤주에 붙어 있는 황동 나비경첩은 내가 위안과 빈집 생가에 들어가 소꿉놀이하며 주워온 것이었다. 생가에는 녹슨 것부터 그렇지 않은 것까지 황동 나비경첩이 많았다. 작곡가인 그의 아버지가 두석장이라는 것을 처음 듣게 된다. 장식품으로는 황동 나비, 황동 박쥐, 복을 염원한 글자 등 그 모양만도 수십 가지가 넘는다. 경첩은 독 안에서 녹인 쇳물을 골 판에 부어 얇은 판을 만든 다음 광택을 낸다. 판을 톱으로 자르고, 망치로 두들기고, 줄로 갈아 문양을 완성한다. 칼을 갈아 바늘이 되게 한다는 공정 과정을 나는 배우지 못했다. 두석장도 인간문화재로 지정됐으나 남아 있는 장인은 한둘뿐이다. 황동 나비경첩에 달린 뒤주 고리가 흔들린다. 그의 손이 그것을 만져보고 있다는 것을 알 수 있다.

나는 호기심이 많았소. 뭐든 만져봤지. 촉감은 소리를 예견했소. 예견은 적중했지. 장독 항아리, 화분, 도자기 등이 남아나지 않았소. 아버지는 화가 나서 내 키만 한 뒤주 위에 올려놓는 벌을 줬지. 나는 무서워서 울다 잠들곤 했소. 뒤주에서 나무 향이 나더군. 나는 뒤주에 오를 수 있을 만큼 자라자 스스로 뒤주 위로 올라갔소. 나는 숨바꼭질이 하고 싶었소. 뒤주 속에 숨었지. 사락사락 쌀의 감촉과 달콤한 피나무 향이 날 잠들게 했소. 집안이 발칵 뒤집혔지. 아버지는 파출소에 신고했고, 어머니는 정신을 잃다시피 온 동네를 뒤졌지. 나는 잠든 사실을 잊은 채 깜깜한 뒤주 안이 무서워 울기 시작했소. 그러니 이 뒤주가 내 어린 날 추억과 무관하다고 볼 수 없구려. 이 황동 나비도.

그와의 대화는 엇갈린다. 질문하는가 하면 듣지 않고 다른 말을 하고 있다. 또 듣지 않는가 하면 말 속에 적절히 들은 말을 끼워 넣어 듣고 있다는 것을 알게 했다. 잠시 정적이 흐른다. 나무로 만든 내 흔들의자가 미세하게 앞뒤로 움직인다. 나는 흔들의자 쪽을 바라보며 묻는다.

알고 온 것입니까?

그가 대답한다.

무얼 말이오?

어느새 나는 그를 닮아버린 것인지, 그의 질문에 대답하지 않고 내 말만을 한다.

돌아가신 아버지가 꿈에 나타나 작업장에서 소반을 만들고 계셨습니다. 그 모습이 배고픈 소목 일을 업으로 하지 않으려는 제게 공방을 지키라는 소명을 주려는 모습 같았습니다. 갑자기 돌아가시기 전, 아버지가 주문받아놓은 일을 제 손으로 완수했습니다. 이왕 만드는 것 제대로 만들어야겠다고 결심했습니다. 그렇게 아버지의 소명을 받아 사는 길을 택했습니다. 남아 있는 소반장은 저 하나뿐입니다. 그런 저를 인간문화재로 인정해줬습니다. 쓸쓸했습니다. 기쁨을 함께 나눌 사람이 없어서겠지요. 나는 평생을 독신으로 살았습니다. 그런 기쁨도 잠시, 길을 내기 위해 공방을 비워달라고 하더군요. 공방을 헐고 산복도로를 내야 한다면서요. 날이 밝으면 철거반들이 들이닥칠 겁니다. 내 문화재인 소반과 장인의 연장들이 강제로 끌어내질 겁니다. 입을 벌린 굴착기가 곡괭이처럼 지붕을 덮칠 겁니다. 당신의 생가까지요. 당신의 생가는 내게 특별한 추억의 장소이기도 합니다. 그물 공장도, 여고도, 번호가 적혀 있던 담벼락도 사라져버렸습니다. 오늘 밤이 지나면 이 공방마저 헐리게 됩니다. 위안이 찾아올 수 있을까요. 당신처럼 위안이….

두둥둥 잡음이 끼어든다. 소반 두들기는 소리다. 나는 하던 말을 멈춘다. 그는 또 내 말을 한 귀로 들으며 뭔가에 호기심을 품은 채 몰두해 있는 것이 분명하다. 그가 조금 산만한 것 같다는 생각이 든다. 대체로 천재들은 동시에 많은 것을 한다. 말을 듣고 있는가 하면 생각하고, 생각하는가 하면 행동한다. 반대로 나는 한 가지 일에만 집착하고 전념해야 한다. 동시에 하려고 하면 이것저것이 뒤섞여 한 가지 일도 해결을 보지 못하는 경우가 많다. 그는 빠르게 보고 세밀하게 묘사한다. 뜻 없이 던지는 말에도 뜻이 깊다. 나는 시계추 같다. 정확하고 빈틈없고 소심하다. 결심한 것은 쉽게 틀어지지 않는다. 공손함 안에 고지식함이 들어 있다. 말을 이리저리 막힘없이 하는 재주가 없다. 외곬이다. 나는 하던 말을 단념한 채 연장을 신문으로 돌돌 말아 상자에 담기 시작한다. 내 손을 지켜보고 있는 투명한 시선이 온몸으로 느껴진다. 나는 시선을 무시한다.

소반 하나 만드는 데도 이렇듯 다양한 연장들이 필요한데 도시는 같은 모습으로 변해간다. 깨끗해지고 편리해진다. 흙길은 콘크리트 회색 도로가 되고 낮은 집들은 벌집처럼 한 기둥 안에 모여 산다. 백오십 년 동안 소반의 역사를 이어온 내 공방 때문에 비만 오면 저지대라 참사가 난다나. 150년 동안 비가 오지 않았을 리 없는데 나는 물에 쓸려 죽지도, 물에 잠긴 적도 없다. 철거 핑계치고 얼토당토않다. 나는 가슴으로 외친다. 우회하라. 우회하라. 도로를 우회하여 길을 터라.

다시 그의 말소리가 들린다. 그는 생각을 멈추지도, 몸을 가만두지도 않는 것 같다. 나는 그가 하는 말을 귀로 들으며 손을 재게 놀린다.

나는 고통스러웠소. 물을 받은 통에 얼굴을 처박아 숨을 못 쉬게 하는 고문이었소. 머리가 깨질 듯 아프고 심장이 멎는 공포였소. 전기 고문은 몸속을 태우는 고문이었소. 나는 감옥에 갇혀 목숨을 연명하고 싶지 않았소. 자살을 시도했지. 시도는 이루려는 노력에 그치고 말았소. 감옥은 내 영혼까지 가뒀소. 내 황동 나비가 한 뼘 창을 통해 날아왔소. 내 주변을 날더군. 눈물이 납디다. 나는 황동 나비처럼 날고 싶었소. 자유로워지고 싶었소. 나는 황동 나비가 되는 꿈을 꾸며 작곡하기 시작했소.

그가 말하다 벌떡 일어난 것 같다. 내 흔들의자가 반동 탓인지 앞뒤로 흔들린다. 그는 흥분한 듯 목소리 톤이 높다. 방 끝까지 걸으며 말하고, 몸을 돌려 걸어오며 말하고, 또 손을 위로 아래로 저으며 열변을 터트리고 있는 몸짓이 기운으로 전해진다.

내게는 황동 나비뿐이었소. 나는 외로웠소. 황동 나비는 내 곡을 좋아했지. 나는 계속 곡을 썼소. 광주여, 영원히. 화염 속의 천사들…. 황동 나비는 나를 날게 해주었소. 나는 황동 나비가 돼 날았소. 안개에 싸인 피나무 속을, 비가 오는 줄도 모르고 날았소. 황동 나비는 비에 젖어 추락했소. 피나무가 황동 나비를 품어주더군.

그랬군요. 이 피나무가… 위안이 아닌 당신이었군요. 피나무가 되어 고향에 돌아오셨군요.

피나무가 그라는 것을 내가 뒤늦게나마 알아봤을 때, 그는 전부를 위로받은 듯 힘 있고 우렁차게 말했다.

그렇소. 내 몸은 죽어 비록 피나무가 됐어도 내 영혼까지는 통제하지 못했소. 위안이라 했소? 당신이 나로 착각한 피나무의 주인이? 연정이 여자의 것인 것 같아도 대개 보면 남자의 것이요. 이렇듯 그리워하고 있는 당신에게 당신의 위안이 나비가 되어 찾아올 것이요. 나비는 마음의 영혼이요.

어느새 그와 나는 보지 않아도 보였다. 나는 밥 한쪽 귀퉁이가 움푹 파여 있는 그릇을 바라보며 말한다.

언제고 위안이 찾아올 것만 같아 하루도 공방을 비운 적이 없습니다. 위안을 잡지 못했지만, 위안을 보낸 적도 없습니다. 소반을 완성할 때마다 위안이 곁에 있기라도 한 듯 자랑했습니다. 위안은 그때마다 내게 노래 불러줬습니다. 내게 황동 나비는 위안이었습니다.

나는 하던 말을 멈춘다. 그의 소리도, 그의 몸짓도 느껴지지 않아서다. 나는 그를 찾는다. 그는 작별 인사도 없이 가버린 것일까. 아니다. 새벽이 너무 일찍 온 탓이었다. 햇빛이 창호지 문을 뚫고 사선으로 내리꽂힌다. 그 빛을 따라 황동 나비가 날아가고 있다. 백설같이 환한 빛을 뚫고.

밖이 소란스럽다. 벌써 온 것 같다. 나는 공방을 둘러보며 말한다.

위안, 당신을 생각하며 지내왔던 이 공방이 당신같이 느껴져. 당신을 홀로 남겨두고 가는 것 같아 차마 발걸음이 떼어지지 않아.

자개 빛을 한 나비가 내 어룽진 눈 속으로 날아든다. 팔랑팔랑 날갯짓하며 개다리소반에 사뿐히 내려앉는다. 앙증맞도록 작은 소반이 벽 모서리에 걸려 있다. 위안이 소반이 되어 온 것일까. 나는 벽 모서리를 올려다본다. 내가 위안에게 만들어 준 소꿉놀이하던 소반이었다. 한곳에 오래도록 걸려 있었던 듯 소반에 거미줄이 감겨 있다. 거미줄은 22개의 나이테 같다. 뿌리 수염 같다. 나는 가까이 다가가 발뒤꿈치를 세워 소반에 감겨 있는 거미줄까지 끌어안는다. 나는 위안과 노래 부른다.

> 달무리 뜨는 달무리 뜨는 외줄기 길을 나 홀로 가노라.
> 옛날에도 이런 밤엔 호올로 갔노라.
> 마음에 솟는 빈 달무리 두둥둥 띄우며 나 홀로 가노라.

가늘게 흔들리는 노랫소리가 점점이 공방 안으로 파고드는 굴착기 소리에 묻힌다. 두두두, 소리가 어서 나오라고 재촉하는 듯하다.

나는 발걸음이 떨어지지 않아 공방 안에 덩그마니 서 있다.

동태
대가리

동태
대가리

폐업이란 문구를 쓴 종이를 가게 유리문에 붙였다. 가게 밖으로 나와 한두 걸음 뒤로 물러선 뒤 유리문을 바라봤다. 광장시장 안쪽에서 과일을 팔던 남자는 언제부터인가 가게 앞으로 트럭을 옮겨와 과일을 팔고 있었다. 나는 의자 하나를 가지고 나와 손님을 기다리는 창부처럼 앉아 행인들을 멍하니 바라봤다. 오후가 되자 남자가 신문지 위에 동태탕을 올려놓고 식사 준비를 했다. 나는 남자를 멍하니 바라봤다.

같이 먹을래요?

남자가 물었다. 나는 대답 대신 다가가 앉았다. 남자가 여벌의 숟가락과 젓가락을 트럭 안에 있는 봉지에서 꺼내 왔다. 나는 뽀글뽀글 올라오는 국물을 떠먹었다. 매콤하고 얼큰했다. 내 머리와 남자 머리가 부딪쳤다.

시켜 먹는 건 대가리가 없던데.

나는 남자의 안경에 자욱이 낀 서리를 바라보며 말했다.

제가 끓여줄게요. 동태 대가리 넣어서. 말 나온 김에 오늘 끓여줄까요?

남자의 눈빛은 선하고 단단했다. 나는 그 눈빛에 기대고 싶었다.

방 미닫이문을 열자 지린내가 났다. 소변 통을 들고 화장실을 향해 발걸음을 옮길 때 발바닥이 비닐 장판에 쩍쩍 달라붙었다 떨어졌다. 나는 소변을 비우고 변기 물을 내렸다. 낡고 녹슨 관에 변기 물이 채워지는 소리가 들렸다. 한의 몸은 욕창으로 썩어갔다. 누런 고름은 자신의 몸을 감싸려는 점액질 같았다. 체위를 바꿔주기 위해 나는 그의 두 팔을 잡고 줄다리기를 하듯 끌어당겼다. 그는 얇은 껍질 속에 자신의 몸을 말고 있는 달팽이 같았다. 안경을 벗은 눈 주위에 검은 반점이 보였다. 그의 눈과 마주치자 온몸에 소름이 돋았다. 내가 방 미닫이문을 닫고 뒤돌아 나올 때 그의 눈은 내 몸을 훑었을 게 분명했다. 나는 가게 안 구석에 놓여 있는 소파에 털썩 주저앉았다. 낡은 가죽 소파는 깨진 유리처럼 실금이 나 있었다. 나는 나무 팔걸이에 머리를 대고 모로 누었다. 낡은 소파 한가운데가 우묵하게 꺼져 내려갔다. 마음도 따라 까라졌다. 눈을 감자 호객 소리가 선명하게 들려왔다. 짐요, 짐요, 짐을 옮기는 자전거 경적이 들리고 가요, 가요, 짐을 실어 나르는 수레바퀴 굴러가는 소리가 들리고 사요, 사요, 손수레 행상의 외치는 소리가 들렸다. 시장 사람들은 한시도 가만있지 않고 소리를 지르고 몸을 분주히 움직였다.

아버지가 꾸려온 가게는 손님의 발길이 끊어져 아무도 찾아오지 않았다. 해거름이 가게 유리문으로 들어와 내려앉았다. 밤이 되면 광장시장은 냉동고 소리로 윙윙거릴 것이다. 헤드라이트 불빛이 가게 유리문을 비추며 지나가고, 고성을 지르며 몰려다니는 오토바이 애호가들의 욕설과 병이 깨지는 소리로 세상에 혼자 있지 않음을 알려줄 것이다. 광장시장 안에서 살림을 꾸리고 있는 상인은 몇 되지 않았다. 손님과 상인들이 빠져나가면 시장 안은 쓰레기만 나뒹굴었다. 텅 빈 시장에 미화원들의 인기척이 들려야 새벽임을 알 수 있었다.

나는 벌떡 일어나 냉장고 문을 열었다. 물통을 들고 벌컥벌컥 물을 들이켰다. 마지막 한 방울까지 혀끝으로 빨아 마셔도 갈증이 풀리지 않았다. 수돗물을 틀어 주전자에 물을 채웠다. 물이 주전자에 흘러넘쳤다. 나는 주전자를 올려놓고 가스 불을 켰다. 더운 훈김 때문에 스테인리스 주전자에 물방울이 맺혔다. 행주로 물기를 닦았다. 행주에서 쉰 냄새가 났다. 수돗물을 틀어 행주를 담갔다. 차가운 물이 손끝을 타고 전신으로 퍼졌다.

난 늘 일 때문에 늦잖아. 당신 혼자 마시자고 다달이 월세는 낭비지.

하루는 한이 출근하기 전 임대 놓은 정수기 물을 마시며 지나가듯 말했다. 그도 그럴 것 같아 대꾸하지 않았는데 그날 오후에 정수기 회사 직원이 정수기를 떼어 갔다. 그나마 그런

식으로 통보해준 것만도 고마운 일이었다. 한은 생활비를 주지 않았다. 주말이면 직접 마트에 가서 장을 봐왔다. 한은 대체로 귀가가 늦어 나는 혼자 밥을 먹었다. 혼자 먹는 밥은 빈 집처럼 쓸쓸했다.

처음 한을 만난 건 지하철역 을지로4가 출구 앞에서였다. 한이 지나가는 사람에게 길을 묻고 있을 때였다.

저, 광장시장 가려면 어디로 가야 하나요?

한의 목소리는 저음이었으나 톤이 굵어 또렷했다. 땀으로 젖은 옷이 등에 달라붙은 늙수그레한 지게꾼이 이짝으로 돌아서 저짝으로 가면 된다고 설명했다. 한은 알아듣지 못한 눈치였다. 지게꾼은 더덕 뿌리 같은 손가락으로 외약손 쪽으로 나가서 반대 짝으로 돌면 거기가 다 거기라고 설명했다. 한은 눈을 끔벅거렸다. 외약손 쪽은 왼쪽을 말하는 것 같고 반대짝은 오른쪽을 말하는 것 같았지만, 동작과 말이 일치하지 않을뿐더러 한은 한국말을 듣는 데 서툴러 보였다. 한은 감사하다고 인사한 후 그 자리에 얼어붙듯 서 있었다. 그때 내가 한에게 다가가 말을 건넸다.

저 따라오시면 돼요.

한이 나를 바라봤다. 뭔가에 홀린 듯한 눈빛이었다. 나는 천천히 걸었지만 익숙해서 빨리 걸었고 한은 조바심을 내며 걸었지만 허둥거리며 뒤처졌다. 미로 같은 골목으로 접어들자 한은 뒤를 돌아보곤 했다. '동태대가리'라는 간판이 붙은 가게 앞에 다다라서야 나는 걸음을 멈추며 말했다.

이곳 주변이 다 광장시장이에요.

한이 바쁘게 눈으로 주변을 둘러보았다. 나는 '동태대가리' 가게 미닫이 유리문을 밀고 들어와 버렸다. 한은 한동안 가게 앞에 서서 두리번거리더니 인파 속으로 사라졌다. 나는 유리문을 통해 그가 사라지는 모습을 지켜봤다. 왜 그에게 길을 안내했는지 알 수 없었지만, 광장시장은 내 삶의 터였다.

다음 날, 가게 앞에 한이 서 있었다. 시간이 흐르지 않고 멈춰 있었던 것은 아닐까 생각이 들 만큼 전날 한이 어리둥절해하며 서 있던 그 자리였다. 한도 밤새 과거 속을 달려온 것만 같다고 했다. 한이 하는 말을 알아들을 수 없었지만, 무슨 의미냐고 묻지 않았다. 그것은 시장 사람들과는 다르게 산 사람의 언어 표현이라고 생각했다.

당신이 내 엄마인 줄 알았어요.

한이 말했다. 나를 보는 순간 죽은 엄마가 환생해서 광장시장을 떠돌고 있는지도 모른다는 착각이 들었다고 했다. 일찍 엄마가 돌아가시고 몇 년 전 아버지마저 돌아가셨기에 한은 혼자라고 했다. 한은 미국에서 MBA 학위 취득 후 돌아와 금융회사에 다니고 있었다. 외국에 오래 있다 귀국한 터라 서울 지리를 잘 몰랐다. 한은 영화를 좋아했다. 한은 영화관 대신 아파트에서 영화 보기를 원했다. 한과 나란히 앉아 번역되지 않은 영화를 봤다. 영화가 끝나자 한이 물었다.

영화 어땠어?

나는 좋았다고 말했다. 한은 영화에 담긴 심오한 뜻을 설명했다. 그렇게 지루한 영화 속에 대단한 의미가 담겨 있는 줄 한의 설명을 듣고서야 알 수 있었다. 보이는 것은 보는 것이지. 보는 나를 내가 보는 것은 자폐증이라고 해. 어쩌면 나도 그럴지 모르지. 한의 말은 요것조것 뒤섞여 알듯 하면서도 알아듣기 힘들었다. 나는 고개를 주억거렸다. 알아들었다는 긍정의 동작이었지만, 실제 나는 한이 한 말의 의미를 파악하지 못했다. 전문대를 졸업한 나는 전공도 성적에 맞춘 선택이었다. 그는 유학을 다녀온 데다 나보다 십 년이나 나이가 많았다. 한의 거실에는 번역되지 않은 서적들과 영화 DVD가 가득했다. 이름만 들어봤을 뿐 읽어보지 못한 책들이었다. 한의 책에 욕심이 났다. 한과 살면 한의 책을 갖게 되고 그러면 나도 한과 같아질 거라는 착각이 들었다. 생선 가게 홀아비 딸이 MBA 출신과 결혼은 시장 바닥에서 자랑거리가 되고도 남았다. 한과의 결혼은 순조로웠다. 조건을 내세우며 결혼을 반대하는 가족도 없었다. 한은 친절한 데다 예의 바르고 세심하고 사려 깊었다. 내 처지에 어울리지 않은 보석을 선물해준 날은 엄마 없이 살아온 날들을 한꺼번에 보상받은 기분이었다. 그러나 신혼여행을 다녀온 뒤부터 사정은 달라졌다.

한은 작은 소리에도 신경질을 부렸다. 세탁기나 청소기를 돌릴 때 한은 서재 문을 부서져라 닫았다. 한의 아파트에서 데이트할 때는 전혀 느끼지 못한 행동이었다. 나는 소리를 내지 않으려고 그릇 씻을 때는 물을 가늘게 틀었고 살금살금 걸어 다녔다. 도마 위에 칼끝이 닿는 소리를 내지 않으려고 두부를 썰 때마저도 지그재그로 칼질했다.

너는 머리가 장식품 같아.

결혼 후 얼마 지나지 않아 한이 내게 말했다. 한은 이어폰을 끼고 영화를 봤다. 원어로 된 영화를 보며 한은 고뇌에 찬 표정을 짓기도 낄낄거리기도 했다. 내가 책을 꺼내 읽고 제자리에 두지 않았을 때, 한은 내가 봤던 책을 바닥에 내동댕이쳤다. 나는 한의 물건을 더는 만지지 않았다.

내 허락 없인 내 방에 들어오지도 노크도 하지 마.

한이 말하는 방이란 서재였다. 한은 퇴근 후 돌아와 서재에 틀어박혀 있곤 했다. 나는 궁금했지만, 문을 열진 않았다. 하루는 보글보글 동태찌개를 끓여놓고 식탁 앞에서 한을 기다렸다. 한이 후다닥 서재 문을 열고 나와 베란다와 방 창문을 열어젖혔다. 환풍기 버튼을 누른 후 코를 틀어막으며 서재로 도로 들어갔다. 한은 말보다 행동으로 말했다. 그 행동은 무언의 말들이어서 숨이 막혔다. 나는 손도 대지 않은 동태찌개를 음식물 쓰레기통에 버렸다.

언제부턴가 한은 출근 후 한 시간 간격으로 전화했다.

왜 숨차해?

청소하느라….

먼저 끊긴 전화기에선 뚜, 신호음만 울렸다. 십여 분이나 지났을까, 현관문 열리는 소리가 났다. 한이 후다닥 들어와 커튼 뒤를 들치고 침대 밑에 엎드려 살피고 옷장 문을 열고 베란다와 화장실과 싱크대 문짝을 열었다. 나는 걸레 잡은 손을 뒤로하고 한의 하는 양을 물끄러미 바라봤다. 산책하러 나갈 때도, 음식물 쓰레기를 버릴 때도, 한은 어디 갔었느냐고 닦달했다. 집 전화를 받지 않을 때는 영상통화가 걸려왔다. 나는 걸려온 휴대전화를 붙들고 빙글빙글 돌며 내가 어디에 있는지 주변을 비추며 보여줘야만 했다. 내가 어디 갔었는지 기억이 나지 않는 날도 있었다. 그런 날은 추궁 받느라 밤을 지새워야 했다. 잘못된 결혼이라는 것을 알면서도 그냥 그렇게 살아졌다. 아버지가 보고 싶어도 가지 못했다. 지갑은 얇았고 천원짜리 몇 장은 외출을 불안하게 만들었다. 한은 내가 얌전히 집에만 있기를 원했다. 그런 한이 일주일에 한 번 외출할 수 있는 문화센터 수강증을 끊어줬다. 나는 그곳에서 바비 인형을 만들었다. 노랑머리를 붙이고 눈알을 달았다. 눈알을 배꼽에도 달았다. 그 괴기스러운 눈알의 바비 인형을 집으로 가지고 들어오자 한은 더는 수강료를 내주지 않았다. 한의 손에 의해 바비 인형은 분리수거 통으로 들어갔다. 내가 분리수거 통을 뒤져 인형을 찾아 들고 오자 한은 내 뺨을 후려쳤다.

어디 갔다 왔어?

한은 오직 한 가지 상상만 하는 것 같았다. 휴대전화의 문자메시지를 확인하고 통화 기록을 살펴본 후에야 삼만 원을 식탁 위에 올려놓았다. 삼만 원은 한이 내게 베푸는 사과의 방법이었다. 결혼 초기는 서로 성격을 알아가는 과정이기에 점차 나아질 거라고 마음을 다잡았다. 나는 세종대왕을 바라봤다. 세종대왕이 상인이 되어 호객 소리를 냈다. 호객 소리는 아버지로 변했다. 시장에 오니 살 것 같았다.

오랜만에 오셨네요?

과일 가게 남자가 말했다. 나는 과일 좌판 앞에 쭈그리고 앉아 참외 꽁지의 단내를 맡았다. 남자는 냄새를 맡지 않고도 단 과일을 골라 담았다. 남자는 오래전부터 나를 좋아했다. 시장 사람과는 결혼하고 싶지 않다고 다짐하고 또 다짐했었다. 아버지를 존경했지만, 아버지와 같은 시장 사람과는 결혼하고 싶지 않았다. 밀물처럼 밀려왔다가 썰물처럼 빠져나가는 시장이 싫다며 도망치듯 한과 결혼했는지도 몰랐다. 나는 남자를 바라봤다. 남자의 얼굴에서 아버지가 짓던 쓸쓸한 표정이 드리워져 있었다. 무심한 듯 짧게 던지는 남자의 말이 민

음직스럽게 느껴지자 나는 그에게 안겨 울고 싶어졌다. 사랑이란 외로움에서 생긴 감정일까. 나는 내 마음을 남자에게 들킨 것 같아 남자 손에 들린 과일 봉지를 뺏듯 낚아챘다. 손가락의 감촉이 스쳤다. 껄끄러운 감촉에 온기가 느껴졌다. 나는 그 자리를 벗어나버렸다.

순이네 빈대떡, 누나네 신발, 부녀 김밥 따위의 우리말 간판이 붙은 시장을 헤집고 다니다가 생선 가게 앞에서 아버지의 말이 떠올라 발을 멈췄다. 연희야, 저 봐라. 오징어가 죽은 척하고 있지. 아부지, 오징어가 살은 척하는지 죽은 척하는지는 어떻게 알아? 글쎄다. 내가 아냐, 오징어한테 직접 물어봐라. 아버진 그렇게 개구쟁이처럼 농담을 던져놓고는 네 엄마는 동태를 아주 좋아했다며 슬그머니 엄마 얘기를 꺼내곤 했다. 아버지 기억 속에만 있는 엄마를 나는 매일 옆에 있는 것처럼 듣고 자랐다.

아버지 가게는 문이 활짝 열려 있었다.

아부지?

아버지는 주방 바닥에 신문지를 깔고 앉아 콩나물을 다듬고 있었다. 순간 목이 왈칵 메었다.

웬일이냐?

눈물을 참느라 코까지 빨개진 나를 아버지는 근심 어린 얼굴로 반겼다. 나는 아버지 모습이 처량하게 보여 다른 말을 했다.

왜 그러고 있어?

나는 노끈으로 매달아놓은 휴지를 둘둘 뜯어내어 코를 풀고 눈물을 닦았다. 아버지는 웬일이냐며 연락도 없이 무슨 일 있냐며 연거푸 물었다. 나는 대답 대신 아부지, 오다 동태 샀다,라며 늘어진 검은 비닐봉지 속을 개수대 안에 쏟아부었다.

아부지가 생선 가게 하는지 몰라서?

그냥, 다른 가게도 먹고 살아야지.

시집가더니 농도 할 줄 안다며 아버지는 냉장고를 열고 마시다 남은 소주병을 꺼냈다. 나는 내장을 들어낸 동태를 도마 위에 올려놓았다. 신문지를 깐 주방 바닥에 다리를 벌리고 앉아 칼자루를 들었다.

아부지, 도마에서 나는 칼끝 소리가 이렇게 듣기 좋은 줄 몰랐네.

살 때 손질해달라지 그랬어. 힘들게.

동태 머리 안 줄까 봐.

달라면 되지. 그게 뭐 어려워?

창피해서 그러지.

동태 머리가 얼마나 맛있는지를 말하느라 나는 수다스러워졌고 아버지는 그것까지 내가 엄마를 닮았다며 동태 눈알까지 빼먹는 엄마한테 반해서 평생 사랑하게 됐다는 엄마 얘기를 늘어놓기 시작했다. 엄마는 나를 낳다가 돌아가셨다고 했다. 남자 혼자 애 키우며 사는 게 힘들어 보인다며 주변에서 재혼을 권했지만, 그때마다 아버지는 '동태대가리' 간판을 바라보며 없긴요. 여기 턱 버티고 있는데요,라며 마치 '동태대가리' 간판이 엄마인 양 쓸쓸하게 웃곤 했다.

찌개 국물이 보글보글 올라왔다. 굵직한 대파를 어슷썰기하고 단단한 양파를 반으로 잘라 엎어놓고 얇게 저미듯 썰자 반달 모양이 됐다. 매운 눈물이 쏟아졌다. 아버지는 끓기 시작한 국물을 맛나다, 하며 연거푸 수저로 떠 마셨다. 아버지 목깃에 기름때가 반질반질했다. 긴 세월을 홀로 살아온 흔적 같았다.

아부지, 귀찮아도 세탁기 자주 돌려.

왜, 더럽냐?

아버지는 후줄근한 표정으로 물었다. 나는 대답 대신 다른 말을 했다.

아부지, 나 결혼 물리고 아부지랑 살까?

아버지는 마시다 만 소주잔을 내려놓으며 말했다.

난 다 살았어. 네 엄마 따라 죽으려다 너 때문에 여태 살았어. 너 잘 키우겠다고 엄마랑 한 약속 지켰으니. 이제 너 잘 사는 것만 보면 돼.

그렇게 말하는 아버지 입가에 쓸쓸한 미소가 번졌다. 나는 그렁그렁 고인 눈물을 보이지 않으려고 남은 양파를 다지듯 썰었다. 나는 콧물을 훌쩍거렸다. 아버지가 가여워 우는 것으로 여겼는지 아버지는 마시던 소주잔에 술을 따라 내게 줬다. 나는 술을 받아 마시곤 젓가락으로 동태 눈알을 빼서 아버지 숟가락에 올려주었다. 동태 대가리를 뒤집어 한쪽 눈알을 마저 빼서 나도 먹었다. 눈알이 빠진 동태 대가리를 벌리자 눈 없는 대가리가 두 쪽이 됐다. 나는 동태 대가리에 붙은 오도독뼈를 쭉쭉 빨아 먹었다. 뼈에 달라붙은 살점을 발라 먹고 남은 뼈를 밥그릇 옆에 쌓았다. 결벽증이 있는 한 앞에선 어림도 없는 일이었다. 한과 밥을 먹을 때는 젓가락으로 밥알을 셌다. 식탁의 침묵 때문에 침이 넘어가는 소리까지 들렸다. 한은 빠른 속도로 밥을 먹었다. 물로 입안을 헹궈 마신 컵을 식탁 위에 내려놓으며 의자를 뒤로 밀고 신경질적으로 일어나 가버렸다. 나는 식탁에 남겨졌다.

활짝 열어놓은 가게 문으로 바람이 들어왔다. 지나가는 사람들의 인기척이 바람과 함께 문틈으로 쓸려 왔다.

아부지, 왜 항상 가게 문을 열어놔?

사람 사는데 사람 인기척이 나야 좋지.

쓸쓸할 땐 지나가는 사람마저 반가운 것일까. 오랜만에 반주했던 탓인지 아버지 얼굴이 붉었다. 대충하고 가봐야지, 하며 아버지는 방으로 들어가 이불 깔린 아랫목에 다리를 뻗고 앉아 텔레비전 리모컨을 눌렀다. 나는 그릇을 씻으며 아버지가 전화로 재밌다던 연속극 제목을 기억해냈다.

아부지, 그 연속극 아직도 해?

아버지는 텔레비전 속에 빠져버렸는지 저 나쁜 놈, 이제 들키게 생겼다며 드라마 속의 인물이 실재 인물이나 되는 양 엉덩이까지 들썩거렸다. 나는 행주를 꽉 짜서 탁탁 털어 미지근한 밥통 위에 보처럼 덮었다. 물기 젖은 손을 옷에 대충 닦고 이불 속으로 기어들어가 누웠다. 아버지의 손때 묻은 세간살이가 눈에 들어왔다. 늘 보아오던 세간살이가 다르게 보였다. 장롱의 나무 틈까지 아버지 냄새가 배여 있었다. 외출복과 작업복을 구분해 놓고 입었지만, 생선 냄새는 아버지 몸에서 났다. 아버지는 텔레비전에 눈을 고정한 채 베개를 내게 밀어주며 말했다.

연희야, 나는 가끔 말이다. 그 양반이 생각나더라. 거 있잖어. 중동 갔다 왔더니 마누라가 춤바람 났다는. 그 양반 나보다 더 불쌍한 양반 같지 않냐? 나는 죽어 네 엄마라도 기다리고 있지. 그 양반은 살아서도 빈 가슴, 저세상 가서도 반겨줄 사람 하나 없으니 얼마나 불쌍하냐?

아부지, 나 졸려.

아버지가 따라준 소주 탓일까. 오랜만에 긴장을 푼 탓일까. 가물가물해지는 졸음 속으로 빠져들 때 그림자가 들어왔다. 아버지 옆에 누워 자는 나를 그림자가 거칠게 흔들어 깨웠다. 한은 집까지 오는 차 안에서 한마디도 하지 않았다. 한은 현관문을 부서져라 열자마자 나를 개 몰듯 몰아 침대 위로 밀쳤다. 옷을 거칠게 잡아 뜯으며 다리를 강제로 벌렸다. 한은 내 다리 사이에 얼굴을 박고 코를 킁킁댔다.

무슨 상상을 하는데요?

추잡한 년.

한은 아버지와 내가 한방에 있는 것조차 병적으로 의심했다. 나는 한의 힘을 감당하지 못했다. 한의 긴 발이 내 배와 허리를 밟았다. 한의 기다란 손이 내 뺨을 연거푸 후려칠 때마다 손가락 자국이 문신처럼 박히며 고개가 좌우로 돌아갔다. 한은 와이셔츠를 벗어 던지며 심호흡을 했다. 어깨 파인 러닝셔츠는 등과 가슴에 달라붙어 생선 등처럼 탱탱했다. 날렵한 콧날과 가느다란 입술, 각이진 턱과 쌍꺼풀 없는 눈은 테가 없는 안경 속에서 이글거렸다. 나는 몸을 웅그리며 더 날아올지 모르는 한의 발길질을 죽은 듯이 누워 기다렸다.

한은 밤새 방안과 거실과 서재를 바장이다 주방에서 술병을 찾아 마시곤 어깨를 들썩이며 꺽꺽댔다. 나는 배를 감싸고 담배 연기 속을 허우적거렸다. 공포 때문에 죽은 척하다 잤고, 자는 척하다 잤다. 수돗물 소리가 나고 현관문이 닫히는 소리가 나고서야 나는 눈을 떴다. 뻑뻑한 눈으로 창문의 햇살을 바라봤다. 너무 오래 죽은 척하다 보니 진짜 내가 죽은 것은 아닐까 하는 생각마저 들었다. 한의 광기는 곳곳에 흔적으로 남아 있었다. 병은 깨져 있고 핏자국이 여기저기 묻어 있었다. 발가락을 곧추세워 베란다로 갔다. 유리 조각을 밟았는지 발바닥에서 피가 났다. 베란다 난간에 서서 아래를 내려다봤다. 떨어지고 싶다는 충동을 느낀 순간, 아버지가 구부정한 자세로 벤치에 앉아 위를 올려다보고 있었다. 나는 화들짝 놀라 뒤로 몸을 뺐다. 몸을 작게 웅크리고 있는데 인터폰 소리가 들렸다. 흠칫 놀란 나는 급한 걸음으로 달려가 인터폰을 들었다.

경비실입니다. 친정아버지께서 동태를 전해주라고 해서요. 상할지도 모른다고 하시던데요.

나는 탁한 목소리로 대답했다.

네, 내려갈게요.

베란다로 다시 가서 아래를 내려다봤다. 아버지가 보이지 않았다. 울컥 눈물이 솟구쳤다. 집까지 찾아온 한의 행동이 마음에 걸려 동태를 핑계 삼아 찾아온 아버지였다. 네 아버지한테 생선 썩은 내가 나. 난 썩은 생선 냄새만 맡으면 돌아버릴 것 같아. 언젠가 한이 내게 한 말을 아버지는 듣고서도 못 들은 척했다. 한은 아버지에게 장인이라는 호칭을 쓰지 않았다. 너의 아버지, 너의 광장시장이라고 했다. 광장시장이 통째로 아버지의 시장인 양, 광장시장에서 생선을 판다는 이유만으로 아버지를 증오했다. 아버지는 바쁘다는 핑계로 딸이 사는 집에 다녀가지 않았다. 아버지가 집 주소를 알고 있는지도 몰랐다. 물어보지 않아 알려준 적도 없었다. 아버지는 한이 없는 시간을 틈타 전화를 하곤 했다. 나는 아무도 없는 집에서조차 한의 책과 DVD가 한 같아서 소곤거려졌다. 아버지도 덩달아 소곤거렸다. 아버지는 왜 눈치를 보느냐, 왜 목소리가 그렇게 작으냐, 묻지 않았다.

예전에 아버지를 찾아온 손님한테도 그랬다. 아버지를 찾아왔다기보다는 광장시장을 찾아온 손님이었다. 그 손님은 올 때마다 빌어먹을 광장시장이라고 했다. 모래사막인 사우디아라비아에 파견 근로자로 나갔다 돌아온 근로자였다. 손님은 카바레가 없어진 쪽을 바라보며 말했다.

돌아와 보니 집안이 쑥대밭이 됐더라고요. 제가 여기에 찾아오는 이유를 잘 모르겠습니다. 마누라는 죽고 없는데 말입니다. 생선 냄새만 맡으면 돌아버릴 것 같다던 아들놈은 그나마 공부를 잘해 풀브라이트 장학금을 받고 유학을 떠나버렸습니다. 아들놈 어릴 때는 저 동태찌개를 좋아했습니다. 아내는 생선 사러 광장시장에 왔다가 춤바람이 나버렸죠. 아이가 초등학교 1학년 때일 겁니다. 아내는 아들이 학교 간 틈을 타 남자까지 집에 끌어들인 모양입디다. 학교에서 일찍 돌아온 아들이 그 광경을 목격하고 말았고요. 그날 온통 집 안에서 생선 썩은 냄새가 진동했다고 합디다. 어쩌면 아들 녀석이 맡은 건 생선 냄새가 아니라 남녀의 체취였는지도 모르죠. 그 뒤로 아내는 남자를 따라 집을 나가버렸죠. 아들은 그때부터 생선 냄새를 싫어하기 시작했습니다. 부정한 엄마를 생선 때문이라고 믿고 싶었는지도 모르죠. 아내는 행려병자로 죽은 뒤 연락이 왔습디다. 몇 년 뒤에 말입니다. 굶어 죽은 것 같다더군요. 병까지 들어서 말입니다. 아내를 화장시켜 봉안묘에 안치시켜 줬습니다. 어쩝니까. 그래도 자식 놈 어민걸요.

아버지는 손님의 말을 묵묵히 듣더니 그 시대가 힘든 시대였으니까요,라고 말했다. 아버지는 언젠가 내게 이런 말을 했었다.

연희야, 한 서방이 그 손님 아들 같지 않냐? 내 생각엔 꼭 그런 것 같어.

아버지가 종일 전화를 받지 않았다. 휴대전화도 가게 전화도 신호만 울렸다. 모처럼 외출해서 친구를 만나고 있을 거라고 생각해봤지만, 아버지는 가게 손님 말고는 만나는 사람이 없었다. 아무리 생각해도 늦은 시간까지 아버지와 함께 있을 분이 떠오르지 않았다. 열린 문으로 많은 사람이 오고 갔지만, 아버지는 언제나 혼자였다. 아버지와 통화가 되면 나는 왜 그냥 갔어,라고 묻고 싶었다. 그러면 아버지는 동태 먹었냐? 맛있지? 하고 물을 것이다. 나는 통화 버튼을 눌렀다. 계속 신호음만 울렸다. 알 수 없는 불안이 밀려왔다.

택시를 잡아타고 가게로 향했다. 늘 열려 있던 아버지 가게는 닫혀 있었다. 어깨에 멘 가방을 벌려 열쇠를 찾았다. 불도 켜지 않은 방 안에 아버지는 엎드려 있었다. 딱딱하게 굳어가는 몸에서 온기가 식어가고 있었다.

아부지, 이렇게 가면 어떡해?

아버지는 구급차에 실려 병원으로 옮겨졌다. 사망 원인은 심장마비였다. 상인들 몇몇이 잠이 부족한 눈을 하고 다녀갔다. 다들 살기에 바쁜 사람들이었다. 한은 오지 않았다. 급한 일로 지방 출장 중이라 했다. 과일 가게 남자만 덩그러니 앉아 있었다. 나는 검은 상복을 입고 동여맨 머리에 흰나비 핀을 꽂고 앉아 영정 사진을 바라봤다. 아버지는 향불 앞에서 환하게 웃고 있었다. 아버지의 목소리가 들리는 듯했다.

이제 네 엄마한테 간다. 잘 살아라. 연희야.

발인하는 날 한에게서 영상 통화가 걸려왔다.

어디야? 병원 맞아?

상복 차림인 나는 부러 맥없이 일어나 아버지가 보는 향불 앞에서 슬로우 모션으로 주변을 찍기 위해 한 바퀴 돌았다. 남자의 눈이 동그래지며 나를 바라봤다. 아버지는 영문도 모르고 웃고 있었다. 휴대전화기에선 한의 목소리가 새어 나왔다.

요즘은 다 일일장을 치르던데. 나는 바빠서 오늘도 못 가. 내가 유학 갔다 돌아와서 제일 먼저 뭘 했는지 알아? 엄마 유골을 가져왔어. 엄마가 집에 있으니 좋더라고. 그렇지만 죽은 사람이 뭘 알겠어. 죽은 사람이 남기고 간 것은 산 사람한테 준 기억뿐인데. 좋은 기억이든 나쁜 기억이든. 안 그래? 그렇더라도 너는 나 따라 하지 마. 네 아버지 유골에서는 생선 냄새가 날 테니까.

나는 부르르 떨다가 까무러졌다. 누군가 나를 안고 뛰었다. 상인의 호객 소리가 왁자지껄하게 들리고 사람들의 웅성거리는 소리가 들리는 듯했다. 나는 몸속의 핏덩이를 쏟고 의식을 잃었다가 깨어났다.

저기, 이거.

유골함이었다. 남자가 화장터까지 따라가 아버지의 장례를 치른 뒤였다.

저는 상조회사 하는 대로만 지켜봤을 뿐입니다.

고맙다는 말을 하려는데 눈물이 쏟아졌다. 아버지 유골함에 얼굴을 묻고 울다가 문득 불안이 몰려왔다. 습관적으로 휴대전화를 더듬었다. 휴대전화는 전원이 꺼져 있었다. 불안이 가슴을 뛰게 했다. 나는 서둘러 퇴원해서 집으로 왔다. 집 안은 어두웠다. 불을 켜자 전등불이 깜박거렸다. 곧 꺼질 듯 위태롭게 깜박거렸다. 아버지의 유골함을 탁자 위에 올려놓았다. 생선 냄새만 맡으면 돌아버릴 것 같아. 한의 목소리가 들리는 것만 같았다. 한이 돌아오기 전에 씻고, 검은 정장으로 갈아입은 후 아버지 유골함을 들고 엄마가 있는 봉안묘로 가야 했다. 욕조에 물을 받는 사이 베란다로 갔다. 구부정한 어깨를 늘어뜨린 아버지가 벤치에 앉아 있었다. 나는 베란다 난간에 배를 붙이고 손을 내저으며 말했다.

아버지, 들어와도 돼. 아무도 없어. 나 혼자야.

아버지의 환영이 보였다.

미쳤군.

한이 언제 들어왔는지 장승처럼 서 있었다. 나는 얼어붙었다. 한은 아버지의 유골함을 들고 화장실로 들어갔다. 나는 영문을 몰라 서 있었다. 변기 물 내리는 소리가 들렸다. 내가 다급히 다가갔을 때 온기가 남은 뼛가루가 변기 물에 휩쓸려 소용돌이치고 있었다. 다시 물 고이는 소리가 들렸다. 다리가 풀썩 꺾였다. 한이 말했다.

내가 말했잖아. 너는 나 따라 하지 말라고. 나는 생선 냄새만 맡으면 돌아버릴 것 같단 말야.

정신을 가다듬었을 때 한은 보이지 않았다. 현관 앞에 한이 들고 들어온 여행 가방만 동그마니 놓여 있었다. 나는 한의 서재 문을 열었다. 책상 위에 있는 하얀 보자기에 싸인 유골함을 들고 나와 화장대 위에 올려놓았다. 옷장을 열고 보석함을 열었다. 거울을 보며 옷과 어울리는 보석을 목에 걸었다. 거울을 통해 하얀 보자기를 바라봤다. 내가 하얀 보자기를 바라보는 것인지 하얀 보자기가 거울 속에 비친 나를 바라보는 것인지 하얀 보자기와 내가 거울 속에 있었다. 나는 향수를 겨드랑이에 뿌렸다. 하얀 보자기에도 뿌렸다.

아껴 뿌려. 엄마가 아끼던 향수라고.

나는 갑자기 배꼽이 꼬이도록 웃음이 터져 나왔다. 한이 엄마의 유품이라며 내게 주며 했던 말이었다. 나는 암적색 루주 뚜껑을 열고 입술을 진하게 칠한 후 하얀 보자기에 싸인 유골함을 들고 현관문을 힘차게 밀었다. 유골함 속으로 내가 들어가고 유골함 속에 있는 혼백이 내가 되어 나온 것처럼 나 자신이 낯설었다.

'동태대가리' 가게 앞에 다다라서 나는 남자의 통화 버튼을 눌렀다.

좀 와줄 수 있으세요?

남자가 헐레벌떡 동태대가리 가게 유리문을 밀고 들어왔다. 남자의 몸에서 땀 냄새가 났다. 아버지에게서 맡은 냄새였다. 나는 남자 품에 다가가 안겼다. 허리를 감고 영상통화 버튼을 눌렀다. 루주를 바른 내 얼굴이, 남자의 단단한 어깨와 '동태대가리' 간판을 배경으로 영상 화면에 떴다. 한이 채 말하기도 전에 나는 휴대전화를 꺼버렸다. 나는 남자에게 아버지 유품을 정리하러 왔다고 했다. 남자가 도와주겠다고 했다. 과일을 대충 떨이해 정리한 후 곧 오겠다고 했다. 남자가 오기 전에 한이 먼저 미닫이 유리문을 부서지라 밀치며 들이닥칠지 몰랐다. 나는 생태 대가리를 칼로 내리쳤다. 잘린 생태 대가리 눈에 핏물이 맺혔다. 잘린 생태 대가리를 칼끝으로 밀어놓고 배를 갈랐다. 볼록볼록 움직이는 내장은 태동하는 심장 같았다. 나는 생선 비린내가 진동하는 내장을 끄집어내 가게 바닥에 질펀하게 깔았다. 나는 한을 화나게 하고 싶었다. 한이 왔다. 생태 내장을 밟고 휘청거렸다. 한을 보자 갑자기 사시나무 떨리듯 떨렸다. 나는 냉장고 있는 쪽으로 뒷걸음쳤다. 난 화가 난 고양이처럼 몸을 움츠렸다. 가게 안은 터널처럼 어두웠다. 남자가 다시 온다고 했다. 지금 저 문을 열고 들어선다면 나는 남자의 등 뒤로 숨고 싶었다. 나는 더는 뒤로 물러날 곳이 없었다. 나는 아버지가 마시다 둔 소주병을 잡았다. 파편들이 바닥에 흩어졌다. 언제인지 남자가 가게 안에 들어와 지켜보고 있었다.

한이 깨어났다. 나를 어떻게 한 거냐고 한이 소리 질렀다. 나를 죽일 셈이냐고 한이 소리 질렀다. 한은 시끄러웠다. 나는 한의 휴대전화에 유심칩을 빼고 집 전화선을 뽑았다. 한은 외부와 단절됐다. 한은 묶여 있었다. 용서를 빌 때까지 묶어둘 셈이었다. 한이 움직일 수 없다고 생각하니 두렵지 않았다.

그런데 한은 용서를 빌지 않았다. 미안하다란 말을 할 줄 몰랐다. 한의 신경질적인 마른 얼굴에 살이 올랐다. 20킬로의 체중이 늘었다. 이제 한의 모습은 없었다. 한은 미련한 달팽이 같았다.

어둠이 유리문에 내렸다. 솔가지 흔들리듯 유리문이 바람처럼 흔들렸다. 남자가 동태탕을 들고 동태대가리 미닫이 유리문 앞에 서 있었다. 심장이 불쏘시개처럼 타닥거렸다. 나는 달려가 문을 열고 싶었다. 그러면 한은 가게 미닫이 유리문이 열리고 닫히는 소리는 물론이고 나와 남자의 거친 숨소리를 밤새 듣게 될지도 모른다. 다음 날 나는 가게 유리문을 활짝 열어둔 채 트럭 조수석에 올라타고 어디론가 떠날지도 모른다. 한참 달리다가 어느 허름한 식당에라도 들어가게 되면 남자는 이렇게 큰 소리로 주문할 것이다. 아줌마, 여기 동태탕 두 그릇이요. 동태 대가리 넣어서요. 남자는 내가 동태 눈알까지 쪽쪽 빨며 발라 먹는 모습을 보며 아버지가 엄마에게 반하듯 그렇게 내게 반할 것이다.

한이 누워 있는 방에서 한 줄기 빛이 새어 나왔다. 나는 다가가 방 미닫이문을 열며 말했다.

마지막 부탁이야. 우리 아버지한테 미안하다고 말해. 그럼 용서해줄게.

….

나는 말이 없는 한을 바라봤다. 한은 묶인 손을 둔감하게 움직여 어머니의 유골 가루를 먹고 있었다.

네가 이것마저 따라 할까 봐.

한이 말했다. 나는 양손으로 입을 틀어막았다. 증오만 남은 한의 가슴은 사나웠다. 나는 그로부터 두어 걸음 뒷걸음질을 친 다음 질러 말했다.

잘 봐. 내가 어떻게 따라 하는지….

나는 한의 방문을 크게 열었다. 남자는 가게 미닫이 유리문 앞에 미동도 없이 서 있었다. 나는 가게 문 쪽으로 다가갔다. 등 뒤에서 바윗덩어리 떨어진 소리가 거푸 들렸다.

엄마, 가지 마.

길례
언니

길례
언니

1년 전 Y 화백의 별세 소식을 전해 듣는 순간, 원한이 내 뼛속까지 파고드는 것 같았다. 깊은 우물 속에 짓눌러놓은 기억들과 애써 지탱해온 심신이 마른 잎처럼 부스러지기 시작했다. 헛것마저 보였다. 요양차 제주도로 내려간 것도 그 때문이었다. 연고가 없는 제주도 생활은 섬처럼 설었다. 제주도에 내려간 지 1년 만에 Y 화백의 1주기 추모전을 관람하기 위해 상경하는 길이었다.

기체가 활주로를 박차고 떠올랐다. 창공에 떠 있는 구름은 수국 같았다. 수국은 트럭 뒤로 피어오르는 매연처럼 회색빛이었다. 곧 비가 쏟아질 것 같은 구름이 산악빙하처럼 뭉쳐 있었다.

구름으로 만든 빵을 먹으면 하늘을 날 수 있을까요? 동화책 속에서는 아이들이 구름으로 만든 빵을 먹고 하늘을 날더군요.

내 곁에 앉은 노파가 말했다. 강인한 음성이었다. 지그시 누른 듯한 노파의 시선이 창 쪽에 앉아 있는 나를 향하고 있었다. 언뜻 보기에 노파는 늙은 여배우 같았다. 나이를 초월한 원색 무늬 옷을 입고 있었으며, 베로 만든 쓰개처럼 머리와 얼굴을 스카프로 감싸고 있었다. 그뿐만 아니라 강렬한 햇빛을 보호하는 커다란 색깔 안경을 착용하고 있었다. 그린 듯한 가는 눈썹과 붉게 칠한 입술 외에 노파의 얼굴은 노출돼 있지 않았다. 까마득히 먼 과거 속을 바라보듯 구름을 바라보며 일면식도 없는 내게 묻지도 않은 말을 하고 있었다. 노파의 음성은 느리면서도 또렷했다. 나는 잠자코 앉아 듣고 있었다. 들려왔다는 표현이 맞을 것이다.

길례 언니는 흰 수국 꽃을 머리에 달고 다녔답니다. 수국 꽃은 구름빵 같았죠. 같은 동네에 사는 언니였어요. 미친년이 지나간다! 미친년이 지나간다! 아이들이 귀찮게 따라다니며 돌을 던졌어요. 한동안 보이지 않다가도 배가 고프면 모습을 드러내곤 했어요. 그때마다 철없는 아이들은 짓궂게 놀려댔어요. 동네 사내들이 밥을 준다며 길례 언니를 어디론가 데려갔어요. 괴롭히는 아이들을 무섭게 노려보면서요. 어느 날 보니, 길례 언니 배는 남산만 해져 있더군요. 사내들은 더는 길례 언니에게 밥을 주지 않았어요. 가까이 다가가면 가라고 쉭쉭 소리를 내며 발로 땅을 차고 욕하며 쫓았어요.

그해 겨울은 유난히 추웠답니다. 얼어 죽진 않을까. 나는 길례 언니가 걱정됐어요. 봄이 되자, 아이를 포대기에 싸서 안고 다니는 길례 언니를 볼 수 있었어요. 사람들은 아이까지 앉고 나타난 길례 언니를 불쌍해했어요. 밥을 주려고 다가가자 아이를 뺏으려고 다가가는 줄 알고 뒷걸음질을 쳤어요. 품속에 있는 아이는 울지 않았어요. 사람들은 뒤늦게 알았어요. 길례 언니가 죽은 아이를 안고 다닌다는 것을요. 포대기 속에서 썩은 냄새가 진동했기 때문이에요. 사람들은 그 불쌍한 아이를 묻어주고 싶었어요. 그래서 아이를 강제로 빼앗았죠. 아이가 땅에 묻히는 동안 길례 언니는 몸부림쳤어요. 길례 언니는 풀밭에 돌 몇 개를 쌓아놓은 아이 무덤을 떠나지 못했어요. 여름이 되자 무덤에서 꽃이 피기 시작했어요. 길례 언니는 무덤에서 올라온 꽃을 한 아름 꺾어 머리에 꽂았어요. 꽃은 구름과자 같았죠. 길례 언니는 아이가 꽃으로 환생한 것으로 생각했던 것일까요. 해맑게 웃는 길례 언니는 아이처럼 폴짝폴짝 뛰면서 어디론가 가버렸죠. 그 후 길례 언니를 보지 못했답니다.

길례 언니가 미치기 전엔 나의 우상이었답니다. 길례 언니는 수국 같았어요. 해맑은 표정, 희고 긴 목, 숱 많은 검은 머릿결, 나는 그런 길례 언니를 닮고 싶어 했었죠. 우리는 같은 학교에 다녔고 길례 언니가 먼저 졸업했어요. 어느 날 길례 언니가 화사한 노란 원피스를 입고 나를 찾아왔더군요. 가난했던 길례 언니는 그런 옷을 처음 입어봤기 때문에 자랑하고 싶어 나를 찾아온 거였어요. 돈을 벌러 가는 딸에게 부모님이 사입힌 옷이었죠. 노란 원피스를 입은 길례 언니는 들떠 보이면서 불안해 보였어요. 나는 낯선 차에 올라타고 가는 길례 언니를 배웅했답니다. 나는 부러운 눈으로 길례 언니를 향해 손을 흔들었어요. 뒷좌석에 앉은 길례 언니도 내가 보이지 않을 때까지 손을 흔들었어요.

그때 길례 언니는 열여덟 살이었고 나는 열여섯 살이었어요. 나는 집안이 부유했어요. 졸업 후 미국으로 유학을 갔죠. 해방된 해 공부를 마치고 오 년 만에 돌아와 보니 길례 언니는 미쳐 있었어요. 길례 언니가 왜 미쳤는지 아무도 아는 사람이 없었어요. 길례 언니의 부모님은 돌아가시고 없었어요. 새로 산 노란 원피스를 입고 돈을 벌러 간 길례 언니는 어째서 미쳐서 돌아온 것일까요.

착륙 안내 방송이 나왔다. 듣다 보니 거짓말처럼 한 시간이 훌쩍 지나 있었다. 처음부터 끝까지 노파 혼자 떠든 이야기였지만, 지루할 새가 없을 만큼 입담이 좋았다.

저는 권길재라고 합니다. Y 화백의 추모전 관람을 위해 상경하는 길입니다.

노파의 이야기를 듣다 보니 친숙한 감정이 생겼다. 노파가 누군지 궁금해져 나는 먼저 내 이름을 밝혔다. 내 의도와는 달리 노파는 자신을 밝히지 않았다. 내가 짐을 챙긴 뒤 옆 좌석을 바라봤을 때, 노파의 모습은 꺼져버린 등불처럼 온데간데없었다.

나는 공항을 빠져나와 김포공항역에서 지하철을 탔다. 큰 가방까지 챙겨 올라온 이유는 제주도에는 없는 재료를 구해 갈 겸해서였다. 서울역에서 하차해 삼각지 가는 지하철로 갈아탔다. 삼각지는 올 때마다 들르는 곳이었다. 한강과 서울역 그리고 이태원을 통하는 삼거리를 화랑의 거리라고 했다. 용산 방향 쪽으로 화방과 표구점, 액자 제작 상점들이 오밀조밀 모여 있었다. 후미진 골목으로 들어서면 팔구십 년대 모습을 그대로 유지하고 있는 허름한 화방들이 지붕에 간판 하나를 겨우 인 채 자리 잡고 있었다. 길가 담벼락에 나무 자재, 표구 틀, 깨진 유리판, 고무 대야, 소화기 통 등이 질서 없이 쌓여 있는 허름한 화랑 거리지만 나름의 멋이 있었다.

한때 그림 공장 지대로 알려진 삼각지에서 구하지 못한 재료는 없었다. 그림을 외면하지 않고 고수해온 고마운 터줏대감들이 있어서였다. 화방이 삼각지에 자리 잡게 된 데에는 미군이 용산에 주둔하고부터였다. 미군들이 자주 드나드는 이발소에서 외화 그림을 접할 수 있었다. 그림쟁이들은 이발소 주변을 맴돌며 그림을 구경했고, 미군들에게 초상화를 그려 주며 생활했다. 그림 산업화 바람이 불면서 그림쟁이들은 이발소 그림을 본떠 수출 시장에 팔기 시작했다. 그림은 장당 삼천 원부터 이만 원까지 거래됐다. 나는 그림을 복사하듯 하루에 여러 장을 그려 내다 팔았다. 그때 화방은 수출 시장으로 그림을 보내는 중개상인이었다. 점차 싸구려 중국산 그림이 수출 시장을 점유하는 바람에 한국 수출 시장은 시들해져 버렸다. 그때 들어선 화방들이 현재까지 그 모습을 갖추고 있었다.

삼각지에 도착했을 때는 저물녘이었다. 나는 최 사장의 화방 문을 밀었다. 올 때마다 삼각지 로터리를 돌지만, 막상 들어서는 곳은 최 사장의 화방이었다. 최 사장은 표구 작업을 하고 있었다. 최 사장은 사람이 들어왔는데도 하던 일을 멈추지 않았다. 반색하며 반기지도 않는데 최 사장 화방은 내 집 들어온 듯 편했다. 나는 일자형 다우닝 소파에 몸을 부렸다. 뭐 하나 버린 것 없이 쌓아둔 화방 안을 나는 눈으로 둘러보았다. 좁은 공간에 쌓아둔 온갖 것들이 눈에 들어왔다. 미술용품 판매부터 표구 제작까지 해서였다.

경기가 여전한가 봅니다?

제주도 내려가더니 살 만한가 보구먼. 남의 말 하듯 하는 거 보니.

최 사장은 비아냥거리는 내 말을 능청스럽게 받아냈다. 서로 악의 없는 말버릇이었다. 수많은 사람을 대하다 보니 이골이 났는지 왔냐 갔냐 일일이 묻지 않았다. 그런데도 편안함이 드는 것은 최 사장의 느긋하고 후덕한 인상 탓일 것이다. 성실하기가 한결같은 최 사장은 이 바닥에서 꽤 신뢰를 얻고 있었다. 돈도 안 되는 화방 일을 이토록 오래 하는 것은 그림이 좋아서가 아닐까. 좋아서 그리는 사람이 있는가 하면, 좋아서 운영하는 사람도 있게 마련이었다. 최 사장과 나는 실과 바늘 같은 사이였다. 그림을 다루는 최 사장의 표정엔 애정이 담겨 있었다. 최 사장은 자신의 손을 거쳐간 그림을 귀신같이 기억했다. 색감과 두께, 붓의 터치만으로 누구의 작품이라는 것을 알았다. 작품 보는 실력이 감정가 못지않았다. 평생 그림 장사만 해온 터라 실전적 전문가였다.

삼각지를 기반으로 발전하던 이발소 그림 성장이 멈춘 후 큐레이터란 직업이 생겼다. 사진을 찍듯 정밀한 그림이 천시되고 해석이 모호한 그림이 높이 평가받기 시작했다. 번역된 소설을 읽다 보면 소설가가 쓴 것이 아니라 번역가가 쓴 것처럼 보일 때가 있다. 그림을 분석한 큐레이터의 설명을 듣다 보면 화가의 세계를 침범한 해석도 그랬다. 고장 난 전축, 소품을 이용해 만든 모형, 선, 물방울, 공, 상자, 꽃, 천 등 작가의 의도를 알 수 없는 작품들이 큐레이터의 해석으로 조명됐다. 나는 유화물감에서 나는 특유의 기름 냄새가 좋았다. 여태 인물화를 고집한 것도 두텁게 덧발라 얻은 음양의 느낌이 좋아서였다. 최 사장 화방은 주로 인물화를 취급했다. 나는 다행히 최 사장을 알게 됐고 그는 내 그림을 몇 점씩 내걸어줬다. 나는 인물화를 통해 먹고살았다.

최 사장은 오랜만에 상경한 나를 위해 평소보다 일찍 화방 문을 닫았다. 최 사장과 나는 화방 골목에 있는 곱창집에 마주 앉았다. 내가 Y 화백의 추모전 관람을 위해 올라왔다는 것을 짐작으로 알아챈 최 사장은 연거푸 소주를 들이켜는 내 속을 꿰뚫고 말했다.

잊어버리게. 오래전 일 아닌가. 삼각지 그림쟁이들이 다 남의 그림을 베껴서 먹고살지 않았나. 자네도 다르지 않았고. 그때는 그림을 베끼는 일이 대수로운 일이 아니었지. 남의 그림을 내 것이라고 우기지만 않으면 되는 시대였으니까. 가짜가 진짜로 둔갑할 줄 누가 알았겠나. 자네 잘못이 아니네. 가짜를 진짜라고 한 사람들이 잘못이지.

나는 삼각지 출신 작가다. 이발소 그림을 베낀 실력으로 나는 Y 화백의 작품을 베꼈다. Y 화백의 작품은 정교하면서도 묘한 느낌이 들었다. 그 묘한 느낌을 나만이 흉내 낼 수 있었고, 그 그림은 최 사장 화방을 통해 팔려 나갔다. 나는 그때 일을 떠올리며 말없이 곱창을 뒤집었다. 최 사장은 내 잔을 채운 뒤 자신의 잔을 채우며 침묵이 싫은지 혼자 떠들었다. 최 사장도 나이를 먹는 모양이었다. 평소엔 과묵한 사람이었다.

미술관에 걸린 그림은 자네가 그린 위작이 맞네. 한눈에 봐도 Y 화백의 작품이 아니라는 것을 알 수 있었지. Y 화백의 그림은 자네 그림과 달라. 색감도 그렇고, 머릿결 처리도 그렇고. 무엇보다도 그림 재료부터가 다르지.

최 사장은 인제 와서 왜 내게 이런 말을 하는 것일까. 내 위작이 Y 화백의 그림으로 오해받아 미술관에 걸려 있었을 때, Y 화백의 그림이 아니고 내가 위작해 그린 거라고 한마디만 증언해줬어도 Y 화백이 붓을 놓는 일은 막았을 것이다. Y 화백은 자신이 그리지도 않은 그림이 나돌고 전시되고 판매되자 작품 활동을 중단해버렸다. Y 화백은 외부 활동조차 끊어버려 나는 Y 화백의 소식을 접할 수 없었다. 내가 다시 Y 화백의 소식을 접한 것은 1년 전 뉴스를 통해 알게 된 별세 소식이었다. 그토록 왕성하게 활동하던 Y 화백이 내 위작 사건으로 인해 허망한 별처럼 져버렸다. 화로 위에 곱창이 별똥처럼 타고 있었다. 검게 탄 곱창이 Y 화백 같았다. 나는 술로 불거진 얼굴을 손으로 비비며 말했다.

아무 생각 없이 위작한 겁니다. Y 화백이 좋아서. 멀리 있는 모습만 봐도 고개를 절로 숙이곤 했으니까요.

Y 화백의 나이가 자네보다 한참 위였지, 아마.

그런 거 아닙니다. 왜 거 있지 않습니까. 그림만 봐도 좋은 거요. 검은 양복 입은 사람들이 와서 내 위작을 사갔다면서요? Y 화백 거랑 똑같다고 하면서? 그때 사십만 원인가, 오십만원인가를 저한테 줬잖아요, 최 사장님이.

나는 눈까지 벌게진 채 횡설수설하며 최 사장을 바라봤다.

내가 곤경에 처해 있을 때 침묵한 최 사장이 서운해서였다. 위작을 그린 사람이나 판 사람이나 반반씩 책임이 있으니, Y 화백에 대한 죄책감도 같이 나누자고 말하고 싶었다. Y 화백은 내 짓이라는 것을 바로 알아보고 나를 찾아와 불같이 화를 냈다. 나는 Y 화백 앞에서는 발뺌했지만, 바로 경찰서로 달려가 내가 그린 위작이라고 밝히려 했다. 그러나 최 사장이 입을 다 물어버린 바람에 내가 그렸다고 증언해줄 사람이 없었다. 어쩌면 나는 최 사장 핑계를 대며 경찰서로 가지 않았는지도 모른다. 최 사장은 자신의 잔에 술을 채우고는 코끝까지 내려온 안경을 끌어 올리며 하다만 말을 이어 했다.

자네 그림은 석채 대신 전복 껍데기를 으깨서 썼지. 작가가 말하지 않으면 감정가들도 구분하기 쉽지 않은 재료였지. 작가 자신만 알아볼 수 있는 재료였어.

내가 애써 밝히려고 노력하지 않은 부분이었다. 위작이라는 것을 스스로 밝힐 수 있는 유일한 단서였다. 최 사장은 지금 돌려서 그 말을 하고 있었다.

최 사장은 여관에서 자겠다는 나를 끌고 옹색한 자신의 살림집으로 끌고 갔다. 그도 나와 같은 홀아비 신세였다.

새벽부터 신작로를 달리는 배달 기사처럼 최 사장은 일찍 일어나 나를 깨웠다. 나는 최 사장이 단골로 정해놓은 식당에서 설렁탕으로 아침을 해결했다. 최 사장이 화방 문을 열고 일할 준비를 했다. 화방은 바람벽 없는 들판처럼 서늘했다. 나는 커피로 정신을 맑게 한 후 어슬렁거리며 삼각지 로터리까지 걸어 나와 지하철로 들어갔다. 시청역에서 내려 덕수궁에 도착했을 때는 한낮이었다. 돌담길을 따라 걷다 보니 서울시립미술관 푯말이 나왔다. 단풍잎을 밟으며 한적한 길을 걸어 올라갔다. 생각해 보니 올 때마다 단풍잎은 계절과 상관없이 노랬다. 미술관 앞에서 관복 입은 수문장들이 교대하느라 모여 서 있었다. 나는 그들을 지나쳐 미술관 안으로 들어섰다. 입구에서 메인 작가들의 연보를 훑다가 느닷없는 서글픔이 밀려왔다. 평생 같은 길을 걸어왔으면서 남의 작품을 본뜬 위작 작가라는 꼬리표만 단 황량함 때문이었다.

Y 화백의 전시실은 2층에 있었다. Y 화백의 그림은 미로 벽 사이 레일 조명을 받고 있었다. Y 화백의 그림에서는 유화물감 냄새가 진하게 났다. 뱀을 왕관으로 두른 소녀 앞에 발이 멈췄다. 뱀을 싫어하는 나로서는 오래 머물러 보고 싶지 않았지만, Y 화백의 그림 앞에서는 어떤 그림도 쉬이 발이 떼어지지 않았다. 종아리 부분이 스멀거렸다. 꽃단장을 한 뱀이 소녀의 몸을 꿈틀거리며 휘감고 있었다. 기내에서 만난 노파의 말이 떠올랐다.

길례 언니가 떠난 뒤 아이의 무덤에서 뱀이 나왔어요. 잡아

죽여도 끊임없이 뱀이 기어 나왔죠. 가까이 갔다가 뱀에 물려 죽은 사람도 있었어요. 그 뒤 아무도 아이 무덤 곁에 얼씬도 하지 않았죠. 사람들은 아이가 뱀으로 환생한 거라고 했어요. 길례 언니가 뱀이 되어 아이의 무덤을 지키는 거라고도 했고요. 사람들은 아이의 무덤을 뱀밭이라고도, 꽃밭이라고도 했어요. 뱀밭은 언제나 꽃이 만발해 있었어요. 그 예쁜 꽃밭은 뱀이 우글거리는 상상이 되지 않을 만큼 아름다웠죠.

전시관을 둘러보았다. 혹시 노파가 와 있지 않을까 해서였다. 기내에서 내리기 전 목적지를 밝혀둔 기대 때문이었다. 전시관은 한산했다. 카메라를 메고 서 있는 남자와 젊은 부부뿐이었다. 여자는 임신했는지 배가 불룩했다. 여자는 박음질이 잘돼 어깨선이 잘 빠지고 소재가 도톰한 임부복을 입고 있었다. 나는 그 고급스런 임부복을 바라보며 노란 원피스가 떠올랐다.

추앙.

사십오 년간 짓눌러 감추어온 이름이 불쑥 튀어나왔다. 추앙은 내가 탄 헬기에 오르려고 기를 쓰며 매달렸다. 나는 그 때, 그토록 악착같이 매달리는 추앙이 지겨웠다. 나는 추앙을 사정없이 밀쳐냈다. 그때 추앙의 배도 저 여자처럼 불러 있었다. 사람의 마음이란 있을 때 마음과 떠날 때 마음이 그토록 다르고 변덕스러웠다. 조금 전까지 서 있던 젊은 부부의 모습이 보이지 않았다. 헛것이 보였던 것일까. 나는 Y 화백의 베트남전쟁 기록화 작품을 지나 소녀상 앞에서 발을 멈췄다. 노란 원피스를 입고 머리에 수국을 꽂고 있는, 내가 위작한 작품이었다. 제목은 '길례 언니'였다. 나는 기내에서 노파가 들려준 길례 언니 이야기를 들으면서 그 이름이 나와 연관된 것일 거라고는 생각하지 못했다. 노파가 기내에서 들려준 길례 언니와 Y 화백의 그림 속에 길례 언니가 동일 인물이란 생각이 뒤늦게야 들었다.

나는 통화 버튼을 눌렀다. 벨이 울리는 휴대전화기를 든 채 전시실을 나왔다. 항공 발권 실무자인 친구가 전화를 받았다. 나는 올라올 때 탔던 비행기에 내 옆 좌석 탑승자 명단을 확인해달라고 부탁했다. 내가 다급하게 묻자, 친구는 원래는 알려줄 수 없는 비밀이라며 내 옆 좌석은 공석이었다고 확인해줬다. 내가 다시 확인해보라고 재촉하자 친구는 확실하다고 말했다.

미술관에서 돌아와 최 사장 화방 문을 열었을 때는 어제 시각과 같은 저물녘이었다. 나는 다우닝 소파에 털썩 주저앉았다. 헛것이라고 생각해버리기엔 노파의 모습이 너무 선명했다. 나는 기내에서 들은 길례 언니 이야기를 최 사장에게 했다. 노파의 이야기는 하지 않았다. 정신 나간 취급을 받지 않고는 설명할 방법이 없어서였다. 최 사장은 표구 작업을 하다 말고 손에서 면장갑을 빼며 말했다.

미술관에 가서 미친 여자라도 본 겐가? 예전엔 그런 여성들이 많았지. 시골에 가면 한둘씩은 있었으니까. 미친 여성들이 유난히 많았던 이유를 생각해본 적 있나? 못 먹어서 미친 거라면 남자들도 미쳐야 하는데 유독 여자들만 미쳐 돌아다녔지. 지금 생각해 보니. 그때 우리나라가 일본 식민지였더군. 그것을 생각 못 한 나는 미친 여성들이 많다고만 생각했지. 위안부로 끌려갔다가 살아 돌아온 여성들인지도 모르고 말이지.

나는 용수철처럼 일어나 화방 문을 밀고 밖으로 나왔다. 삼각지 골목부터 큰길까지 뛰었다. 길가에 있는 상점 안으로 들어가 노란 원피스가 있으면 아무거나 달라고 했다. 차도로 급히 나와 손을 흔들었다. 택시가 급하게 급정거했다. 뒤차가 날카롭게 경적을 울렸다. 나는 택시 문을 열고 차에 오르며 말했다.

서울시립미술관으로요. 아니, 아닙니다. 일본 대사관 앞으로 가주세요.

문화공보부가 화가 열 명을 베트남전쟁 기록화를 위해 맹호부대에 파견했었다. 그때 나는 Y 화백을 따라 베트남에 지원했다. 내가 Y 화백의 작품을 모작하기 전이었다. 위험한 전쟁터라 나 같은 삼각지 작가도 지원할 수 있었다. 나는 Y 화백을 동경했다. 나는 Y 화백을 따라 전쟁터까지 갔다. 베트남에 한국 군인들을 위한 위안소가 사이공 시내에 있었다. 그곳에 베트남 위안부들이 끌려와 있었다. 허벅지를 드러낸 짧은 치마를 입고 누군지 분간할 수조차 없게 짙은 화장을 한 채 담배를 물고 있었다. 내가 추앙을 만난 것도 사이공 시내에서였다. 제정신을 가지고 전쟁 기록화를 그려낼 수 없었다. 나는 그곳에서 홍청거렸다. 추앙을 끌어안았다. 까무잡잡하고 작고 마른 추앙은 예뻤다. 추앙은 인기 있었다. 너도나도 치근댔다. 추앙은 사내들의 장난감이었다. 주는 술을 억지로 마셨고 토했다. 울었고 화장이 지워졌다. 반항하는 날은 옷이 찢겼다. 내게는 그림을 그려주고 번 돈이 있었다. 나는 그 돈을 포주에게 줬다. 나는 추앙을 독점했다. 추앙에게 나는 은인이었다. 추앙은 나를 사랑한다고 말했다. 추앙도 위안부였다. 좀 다르다면 장교들이 드나드는 곳에 포주가 돈을 받고 파는 위안부였다. 모두 끌려오거나 팔려온 소녀들이었다.

Y 화백은 베트남 위안부를 보며 미쳐서 돌아온 길례 언니를 떠올렸던 것일까. Y 화백이 길례 언니를 그린 연도가 베트남 파견을 마치고 한국에 돌아온 다음 해였다. Y 화백은 같은 얼굴의 길례 언니를 연작으로 그려 전시했다. Y 화백은 길례 언니 작품을 팔지 않았다. 나는 전시회에서 본 길례 언니를 위작해 팔았다. 지금에 와 생각해보니 내가 위작한 그림은 위안부 소녀였다. 살아 돌아왔는데도 고향마저도 품어주지 않

은 길례 언니였다. 그런 길례 언니를 나는 위작해 삼각지 화방에 팔았다. 그 가여운 길례 언니를 돈을 받고 팔았다.

길이 막혔다. 택시에서 내린 뒤 뛰었다. 광화문에서 일본대사관까지 뛰었다. 소녀상이 있는 철거 농성장까지 뛰었다. 숨이 찼다. 숨이 턱까지 차올랐다. 엎어지듯 당도했을 때 길례 언니는 황동 옷을 입고 앉아 있었다. 황동으로 된 무명 저고리와 치마를 입고 앉아 있었다. 숱 많고 검던 긴 머리는 단발이 돼 있었다. 길례 언니를 보는 순간 속상했다. 속상해서 울분이 솟구쳤다. 무명옷을 벗기기 위해 손톱으로 긁어 팠다. 몸에 붙은 무명옷은 떼어내려 해도 떼어지지 않았다. 갑옷처럼 단단한 황동 옷은 길례 언니와 한 몸이 돼 있었다. 나는 노란 원피스를 길례 언니에게 입혀주고 싶었다. 길례 언니 배가 불룩했다. 길례 언니가 추앙 같았다. 나는 추앙의 배를 손톱으로 긁었다. 아이가 배 속에서 죽은 것 같았다. 추앙의 배 속에서 썩은 냄새가 났다. 나는 휴대용 칼을 꺼냈다. 아이를 꺼내 묻어줘야 했다. 내 아이를. 주변이 웅성거렸다. 나를 찍는 소리에 눈이 부시고 시끄러웠다. 누군가 내 몸을 통제했다. 누군가 내 신체를 억압했다. 나는 이성을 잃지 않으려고, 내 신체를 굴복당하지 않으려고 몸부림쳤다. 의지와는 상관없이 나는 나약하게 붙들렸다. 나는 양팔이 결박된 채 길례 언니를 향해, 추앙을 향해 뒤를 돌아보며 외쳤다.

미안합니다. 미안합니다. 사죄합니다. 사죄합니다.

나는 구치소에 감금돼 철장 안에서 잤다. 서울에 아는 연고가 없는 관계로 최 사장에게 연락했다. 경찰은 최 사장을 보자 몇 가지 신원 확인을 한 후 나를 풀어줬다. 나를 정신 나간 행인의 짓거리로 판단한 모양이었다. 최 사장은 가타부타 말이 없었다. 최 사장은 늘 결정적인 순간에 침묵했다. 최 사장은 자신의 차에서 내 짐 가방을 꺼냈다. 내가 전화로 미리 부탁한 거였다. 재료까지 구해 넣었는지 가방이 불룩했다. 화방 문을 잠그고 나왔을 것이다. 내가 아는 한, 최 사장은 집안 대소사를 제외하고 화방 문을 닫은 적이 없었다. 또 신세를 졌다. 나는 속마음과는 달리 멋없게 내뱉었다.

구했어요?

다 챙겨 넣었는지 모르겠구먼, 빠진 게 있으면 연락하게.

최 사장은 내가 경찰서에서 하룻밤 잔 연유를 묻지 않았다. 위작 논란 때도 그랬다. 자신의 화방을 통해 내 그림이 팔려 나갔음에도 최 사장은 모든 것이 기억에 없다는 듯 침묵했다. 삼각지에선 서류 거래를 하지 않았다. 놓고 가게, 하면 끝이었다. 가끔 화방에 들러 그림이 걸려 있지 않으면 팔린 것으로 간주했고 주는 대로 받아 넣었다. 평상시 후덕한 최 사장이지만, 속을 알 수 없는 부분도 있었다. 그런 최 사장에게서 내 모습이 보였다.

베트남 파견 기한이 끝나갈 무렵이었을 것이다. 추앙과 나는 결혼식을 올렸다. 주례도 없는 둘만의 결혼식이었다. 추앙은 웨딩드레스 대신 노란 원피스를 입었다. 내가 선물로 사준 거였다. 내가 전쟁 기록화 작업에 몰두해 있다가 추앙을 찾았을 때였다. 술에 취한 장교가 추앙 방에서 바지를 올리며 나왔다. 추앙이 실신한 듯 널브러져 있었다. 나는 가진 돈이 거덜났고 더는 포주에게 줄 돈이 없을 때였다. 나는 미친 듯이 화를 냈다. 추앙을 매질했다. 나는 남은 기간 그림에만 전념하다 작별의 말도 없이 돌아오는 군용 헬기에 몸을 실었다. 내가 떠나오던 날, 헬기 밑에 노란 원피스가 휘날렸다. 추앙은 노란 인형 같았다. 장난감 같았다. 군인들이 추앙의 양팔을 잡아끌었다. 나는 헬기 창문을 통해 내려다봤다. 추앙은 두 다리를 뻗은 채 질질 끌려가며 부른 배를 감싸고 있었다. 불룩한 배를 나는 외면해버렸다.

석채도 좀 구해주세요.

최 사장이 차 트렁크 문을 닫으며 물었다.

어디다 쓰게? 이번엔 진짜 위작을 그려볼 건가?

새치 섞인 머리에 반 무테안경을 쓴 최 사장은 노쇠해 보였다. 화방 골목에서는 느끼지 못한 추레한 모습이었다. 최 사장은 나보다 오 년 연배였다. 나는 내 모습을 보기 위해 최 사장 차에 백미러를 들여다보며 말했다.

삼각지 작가라는 꼬리표. 그거 괜히 붙은 게 아니더라고요. 그림이라고 다 그림이 아니라는 것을 알았어요. 깨달음이란 늘 부끄럽게 늦네요.

헐고 낡은, 장사꾼은 이제 필요 없다는 소리로 들리는구먼.

최 사장은 그렇게 말을 받으며 호젓한 표정을 지었다. 그런 최 사장을 보자 어제 함께 마신 술이 덜 깬 것인지 출출한 빈 속처럼 속이 쓰렸다. 자신의 모습을 언제나 타인의 모습 속에서 발견하게 된다. 나는 가방을 바로 세우며 말했다.

제주도 내려가서 짐 풀어놓고 곧바로 길례 언니 고향에나 한번 찾아가 보려고요. 뱀밭에, 아니 꽃밭에요. 삼각지 작가가 아닌 저 자신으로 돌아가 그 꽃밭을 제대로 한번 그려 보고 싶어서요.

최 사장은 내가 뭔 소리를 하는지 영문을 모르겠다는 표정을 지었다. 공항까지 바래다주겠다는 것을 만류하고 경찰서 앞에서 헤어졌다. 김포공항에 도착하자마자 바로 출발하는 표를 끊을 수 있었다. 재료가 든 불룩해진 가방을 질질 끌며 대기실로 들어선 나는 긴 의자에 철퍼덕 앉았다. 머리를 의자에 붙인 채 눈을 감았다. 촘촘한 어둠 속에 떠 있는 수국은 구름을 몰고 다니며 비를 참고 있었다. 수국이 째깍째깍 소리를 냈다. 소리는 확장되어 총탄 소리로 들렸다. 나는 눈을 떴다.

대기실 안을 둘러보며 노파를 찾았다. 나는 갑자기 조급해졌다. Y 화백이 살아있다면 기내에서 만났던 노파의 나이쯤 됐을까.

나는 공항 직원 도움으로 대기실을 빠져나와 김포공항 버스 정류장 쪽으로 달렸다. 나는 양쪽 다리를 번갈아 떼며 속도를 빨리하여 버스에 올랐다. 자리를 잡고 앉았다.

잘 탔나?

최 사장의 문자메시지였다.

탔긴 탔는데 제주도 가는 비행기가 아니고, 법원 가는 버스에 탔습니다.

내가 그린 길례 언니는 가짜이고 Y 화백이 그린 길례 언니가 진짜 길례 언니라고, 이제라도 늦었지만 사실을 밝히기 위해 법원에 가는 중이라는 말은 굳이 할 필요가 없어서 생략했다. 나는 답장을 보내놓고 창 쪽으로 고개를 돌렸다. 나는 그림뿐 아니라 양심까지 위작하며 살았다. 곧 비라도 내릴 태세인지 낮인데도 어슴푸레 어둠이 감지됐다. 버스에 함께 올라탄 낡은 가방이 불룩했다. 추앙의 배 같았다. 나는 다리 사이에 있는 가방 손잡이를 꽉 붙잡았다. 비가 살짝살짝 내리다 말다 했다. 바람까지 불어 날씨가 변덕스러웠다. 추앙을 전쟁터에 버리고 온 날도 그랬다.

해설

인간의 말을 찾아서

고영직 문학평론가

1. 나만 살아 남았다

소설가 김경숙은 '겹눈'을 가진 리얼리스트이다. 문단 데뷔 이후 줄곧 힘의 원리에 따라 행동하는 것이 미덕이 되어버린 속악한 세상에서 그 이면의 문학적 진실을 찾으려는 글쓰기를 꾸준히 수행하고 있기 때문이다. 2015년 「아무도 없는 곳에」로 5·18문학상을 수상하며 문단에 데뷔한 김경숙의 글쓰기는 오랜 습작 시절을 포함해 지금까지 '정통파' 리얼리스트의 면모를 잃지 않으려는 자세를 여일하게 보여주고 있다. 5·18 때 아들을 잃은 노파의 슬픈 기억을 다룬 데뷔작을 비롯해 국제결혼여성 화자를 통해 이상한 정상가족의 문제를 다룬 「아떼」, 그리고 고아원 출신 남녀의 엇갈린 운명을 통해 위악(僞惡)의 세상과 위선(僞善)적인 사람들의 문제를 성찰하는 작품 「가면」 등에 이르기까지 김경숙이 눈길을 주고 있는 대상은 있는 그대로의 속악한 세상 질서라고 할 수 있다.

문제는 그런 대상을 다루는 김경숙의 태도이다. 김경숙은 소설집에서 "있는 그대로의 세상에서는 영원히 행복한 결말도, 영원히 슬픈 결말도 없다"고 한 미국 주민운동가 사울 D.알

린스키의 『급진주의자를 위한 규칙』(아르케, 2016)을 연상시키는 리얼리스트적 면모를 보여준다. 어쩌면 그런 점이 김경숙 소설집의 특장(特長)을 이루는 부분이다. 쉽게 말해 김경숙은 소설집에서 현실의 고난과 고통을 회피하고 성급하게 희망을 복원해야 한다고 강변하지 않는다. 그 대신에 무엇이 인간의 인간됨을 실현할 수 있는지에 대해 문학적으로 사유하며 자신의 작품이 '한 판의 굿'의 형식이 되기를 바라고 있다. 언제나 해피엔딩으로 끝나는 것은 결코 아니지만 소설집에서 유독 '헛것'을 의미하는 망령들이 자주 등장하고 이른바 환(幻)의 상상력이라고 명명할 수 있을 법한 유령과의 대화가 작품의 주요한 장치로 등장하는 데에는 그만한 이유가 있는 셈이랄까.

「가면」은 김경숙 글쓰기의 어떤 기원 혹은 원형질(原形質)을 이루는 바탕이라고 간주해도 좋으리라. 위악과 위선이 난무하는 세상에서 오로지 '나만 살았다'는 부끄러움과 죄의식이야말로 김경숙 글쓰기의 내밀한 동력이라고 할 수 있기 때문이다. 다시 말해 「가면」에 등장하는 화상 흉터가 남아 있는 '미리암'의 맨얼굴은 작중화자가 끝내 외면할래야 외면할 수 없는 글쓰기의 윤리를 촉발하는 상징과도 같은 존재이다. 미리암은 세상으로부터 버림받으며 철저히 고립된 사람이고, 이러한 미리암의 이미지는 다른 작품에서도 조금씩 다르게 변주되어 나타난다. 국제결혼여성 '아떼'가 그러하고(「아떼」), 목공 소목장(「개다리소반」)과 이른바 일본군 성노예였던 '길례 언니'(「길례 언니」)가 그렇다. 이 점에서 「가면」은 김경숙의 글쓰기 지향이 기본적으로 자기 구원의 글쓰기를 추구하려는 위기지학(爲己之學)의 글쓰기라는 점을 드러내는 '물증'과도 같은 작품이다.

「가면」에서 김경숙의 이러한 글쓰기의 지향과 특징을 잘 보여주는 캐릭터가 '한모세'이다. 작중 한모세는 유년 시절 사회복지시설 '아버지의집'에서 탈출해 지금은 국선변호사로서 친일파 재산 환수에 관한 일을 하는 등 입신출세한 사람이다. 그런 한모세이지만 '아버지의집'에 또래 친구 미리암을 버려두고 자신만 살아남았다는 부끄러움과 죄의식을 간직하고 살아간다. 어쩌면 한모세는 작가 김경숙의 분신(分身)과도 같은 존재라고 할 수 있다. '아버지의집'이란 무엇인가. '신앙'과 '복지'의 이름으로 정상/비정상을 구분하여 인권유린을 일상적으로 자행하는 곳이다. 특히 굶주림에의 공포는 아이들의 생존마저 실질적으로 위협한다. 그뿐만이 아니다. 이러한 시설에서 오래 살게 되면 사람의 사고 또한 담장에 '갇히며' 한 사람의 인간으로서 자신의 기억을 재구성할 수 있는 '기준 시점'을 잃게 된다. 나를 나이게 하는 자기 서사가 가능하려면 기준 시점이 필요하다는 점을 부정할 사람은 아마 없을 것이다.

> 아버지 집은 규율이 많았다. 그것은 세뇌였다. 아무도, 담장도 없는 아버지 집을 이탈하지 않았다. 이탈은 두려움이었다. 간혹 이탈한 아이도 있었다. 이탈한 아이는 멀리 도망가지 못하고 붙잡혀 되돌아왔다. 돈이 없어 역을 헤매다가 신고를 받고 출동한 파출소 직원에게 붙잡혀 되돌아왔다. 그럴 때마다 이탈한 아이는 은혜도 모르는 말썽꾸러기 취급을 받았고 가면은 권위와 신뢰를 잃지 않았다.

'아버지의집'에서는 식탐이 죄악시되는 등 일상적인 그루밍(grooming)의 방식으로 아이들을 철저히 규율하며 세뇌한다. 이곳의 아이들은 한 사람의 온전한 인간이 아니고 미숙한 피조물로 취급당한다. 그러나 작중 미리암은 배를 곯는 모세를 위해 밥을 훔쳐 먹이는 등 이타적인 행위를 하고 자신은 징벌방에 감금당한다. 결국, 시설의 아이들은 '여호수아'의 주도 아래 밥과 자유를 찾아 그곳을 탈출하지만 어느 누구 하나 미리암이라는 존재를 의식하지 못한다.

소설은 그렇게 이십년이 흘러 만난 두 사람이 서로의 맨얼굴에 난 상처와 흉터를 확인하며 타자의 윤리와 더불어 함께-삶(Life together)의 가치를 생각하는 여로형 형식으로 쓰여졌다. 작중 미리암이 "떠나기 전에 네게 밥을 해주고 떠나고 싶었어"라고 술회하는 대목은 김경숙 소설이 무엇을 지향하는지 암시하는 바 크다. 이것은 「아무도 없는 곳에」와 「개다리소반」에서도 '밥'이라는 메타포가 유의미하게 작용한다는 점에서도 충분히 확인 가능하다. 어쩌면 김경숙은 자신의 소설이 미리암의 '밥'처럼 누군가에게 그렇게 음미(吟味)되는 소울푸드(Soul food) 같은 작품이 되길 바라는 것인지도 모르겠다.

2. 공허한 행정의 언어를 넘어

이러한 김경숙 소설의 특징은 데뷔작 「아무도 없는 곳에」와 「개다리소반」에서 더욱 두드러진다. 광주 5·18민주화운동 당시 아들을 잃은 '노파'가 아들의 제사를 맞아 찰무리떡을 악착같이 끌어안고 비극적으로 죽어가는 「아무도 없는 곳에」는 그날의 비극이 계속되고 있음을 드러내는 일종의 '상흔(傷痕)문학'이다. 또 사랑을 이루지 못한 통영 소목장 이야기에 작곡가 故 윤이상 선생의 끝내 이루지 못한 고향 방문 이야기를 액자 형식으로 결합한 「개다리소반」은 산다는 것의 문제와 기억의 문제를 환기하는 작품이다.

데뷔작 「아무도 없는 곳에」는 광주 민주화운동 당시 죽은 5대 독자 아들의 기일(忌日)을 맞아 제사를 준비하는 시골 노파가 철저히 고립된 죽음을 맞게 된다는 소설이다. 5대 독자 아들은 25년 전 광주항쟁 당시 죽었지만, 그날 이후 5대 독자 아들이 낳은 '간이 아비'마저 증손주 '간이'를 버려두고 가출하는 등 안락한 가정의 꿈은 아직 요원하다. 이 작품이 문제적인 것은 노파 부부가 그날의 기억에 여전히 강박되어 있다는 점이고, 세상 사람들은 노파 부부의 상처를 전혀 헤아리지 못한다는 점이다. 한편 경찰관이었던 '영감'은 광주 당시 배후세력을 캐기 위해 아들을 심문하는 가해자 편에 서 있었던 기억에서 자유롭지 못하다. "명령의 완수는 출세였다."

그러나 노파 부부의 기억은 세상에서 '옹알이' 취급을 당한다. 산불이 난 후 담당 공무원과 나누는 말들은 행정의 언어와 노파 부부의 기억 사이에 커다란 심연이 놓여 있음을 드러낸다. 그리고 외지에서 당산마을로 이주해 유전자변형작물을 재배하는 귀촌인들의 행태 또한 노파로선 요령부득이다. 이러한 작품 설정에서 보듯이, 김경숙은 시간이 흘러도 그날의 상처와 기억은 소위 '행정의 언어'로는 도무지 이해할 수 없는 것이라는 인식을 드러낸다. "삶을 통째로 잃은 후"이기 때문이다. 결국, 그날의 기억에 사로잡힌 노파가 홍수에 휩쓸려 목숨을 잃어간다는 설정은 여전히 계속되는 그날의 비극성을 드러낸다.

「아무도 없는 곳에」의 노파가 그날 이후 환영과 환청 같은 헛것에 주박되어 있다면, 「개다리소반」은 유령과의 대화를 전면화한 작품이다. 이 작품은 3대를 이어온 소목장의 공방이 철거될 상황에서 작곡가 故 윤이상 선생을 연상케 하는 유령과 대화를 나누며 예술과 사랑의 문제를 다룬 작품이다. 작중 소목장과 '황동나비'(윤이상)의 대화는 소설가 한강의 「눈 한 송이 녹는 동안」을 연상시키는데, 김경숙의 관심은 일상적인 것이 이상적인 것이 되고 이상적인 것이 일상적인 것이 되는 예술과 삶의 문제를 성찰하는 데 할애한다. 작중의 소목장은 성악도였던 '위안'과 가정을 꾸려 구족반(狗足盤)에서 소박한 밥을 나누는 삶을 꿈꾸었으나 채 이루지 못한다. 그리고 故 윤이상 선생 또한 동백림 사건 이후 모진 고문을 당하고 끝내 고국/고향을 찾을 수 없게 된다. 이 점에서 「개다리소반」은 '기억되는 기억'의 문제를 소설화한 것이라고 할 수 있다. 재일조선인 김시종 시인이 『광주시편』(1983)에서 "기억되는 기억이 있는 한/ 아아 기억이 있는 한/ 뒤집을 수 없는 반증은 깊은 기억 속의 것"이라고 한 의미는 이 작품의 경우에도 통한다고 할 수 있다.

이렇듯 김경숙은 한(恨)과 분노의 정서를 이번 소설집에서 다루고 있다. 이 작품에서는 상습 침수를 이유로 150년 동안 이어져온 공방이 하루아침에 사라지게 된 현상을 안타까워하는 마음이 묻어난다. 한 장소에, 한 집단에, 한 공동체에 자신이 소속되어 있고 거기에 전념할 때, 인간은 자신이 무엇과 이어져 있다는 느낌을 갖게 된다. 우리는 오직 그런 곳에서 자신이 사랑하고 사랑받는 어떤 존재라는 점을 깊이 자각하게 된다. 그러나 우리는 나 자신(soul)에 대해서건 자연(soil)과 사회(society)에 대해서건 우리의 관계는 근본적으로 해체 내지는 위기 상태에 처해 있다. 인도 사상가 사티쉬 쿠마르는 자연—사회—나 자신을 의미하는 '3S'에 대한 총체적인 관계의 위기는 우리 자신을 초라한 경제동물로 만들었다고 비판한다. 이 점에서 웬델 베리가 『오직 하나뿐』에서 "우리는 사람들의 지식, 지성, 기술이 사람들의 마음이 만들어진 그 장소에서 의미가 있다는 사실을 무시한다"는 말을 경청해야 마땅하다. 자신의 존재가 어떤 특정의 장소(place)에 단단히 결합되어 있을 때, 우리는 정신적 난민 신세에서 벗어나 행복한 삶을 누릴 수 있다.

「개다리소반」은 행정의 질서가 추진하는 공허한 미래주의 대신에 자기 존재의 충만한 에로스를 느낄 수 있는 '장소의 에로스'(게리 스나이더)의 문제를 묘파한 작품이라고 할 수 있다. 장소의 에로스가 사라진다는 것은 기억(memory)이 사라진다는 것이고, 결국 장소가 더 이상 장소(place)로서의 의미가 아니라 자본주의적 의미의 추상적인 공간(space)이 된다는 것을 뜻한다. 「아무도 없는 곳에서」와 「가면」에서도 그러했지만, 행정의 언어와 행정(규율권력)의 질서에 대한 김경숙의 무의식적인 반감을 확인하게 되는 것은 흥미롭다. 어쩌면 "문제로서 정의된 사람들이 그 문제를 다시 정의할 수 있는 힘을 가질 때, 혁명은 시작된다"(존 맥나이트)고 한 언명을 문학적으로 실현하고자 하는 열망과 의지를 김경숙의 작품에서 확인하게 되는 것은 아닌가 싶다.

3. 가족 로망스는 없다

김경숙 소설에서 특징적인 것은 등장인물들의 가족관계가 크게 훼손되어 있고, 이른바 가족 로망스가 전혀 없다는 점이다. 이것은 다른 작품들에서도 확인되지만, 특히 잘 엿볼 수 있는 작품이 「아떼」와 「동태대가리」이다. 이들 작품에서 김경숙은 훼손된 가족관계의 '리얼'한 실상을 집중적으로 탐사한다. 이와 관련해 「아떼」에 등장하는 '선녀와 나뭇꾼' 이야기는 시사하는 바가 크다.

필리핀 출신 국제결혼여성 화자 '아떼'(Ate, '언니'라는 뜻)는 경호, 경태를 키우지만 한국에서의 결혼 생활은 '빈곤의 문화'에서 벗어나지 못하는 삶이다. 백수인 남편은 아떼를 가정부 이상의 인간 취급을 하지 않고, 아내가 도망갈까 봐 한국말 배우는 것조차 못하게 한다. 경호, 경태 또한 학교에서 '가난'이라는 낙인을 안고 생활한다. 미국의 가난한 백인 지대인 러스트 벨트(rust belt) 특유의 빈곤의 문화를 의미하는 힐빌리(Hillbilly) 보고서를 연상시키는 대목이다. 다시 말해 「아떼」 속의 가난은 개념이 아니라 생활인 것이다. 그런데 작품 속 '권 선생'이 '경호'에게 관심을 가져주고, 가정방문 이후 아떼에게 한글을 가르치기 시작하면서 의미 있는 작은 변화가 일어난다. 권 선생이 아떼 집을 가정방문하는 장면 묘사는 정통파 리얼리스트 작가 김경숙 소설의 특장이 잘 드러나는 대목이다.

김경숙이 묘사하는 가난의 세목들을 보노라면 오만 가지 불행의 중심지라는 이미지가 각인되는 듯하다. 그렇게 아떼를 둘러싼 삶의 조건들은 옛날이야기 속 '선녀와 나뭇꾼'과는 전혀 딴판이다. 아떼는 필리핀에 두고온 아들의 병원비를 마련할 길이 막막하고, 경호와 경태가 다니는 학교 교장은 '가난은 실패'라는 낙인을 찍는 데 앞장서 '권선생'과 아떼와의 접촉을 차단하고, 경태의 생부로 파악되는 슈퍼 주인은 경호를 친 교통사고 가해자로 등장한다. 옛날이야기 속 '선녀와 나뭇꾼'의 선녀처럼 아떼가 다시 하늘로 올라가는 길은 전혀 보이지 않는다.

「아떼」는 우리 시대 가난의 문화에 대한 충실한 탐사라고 할 수 있는 작품이다. 가난의 문화란 무엇인가. 주거지 분화

현상은 가속화되고 있고, 공립학교는 부실하며, 법보다 주먹이 더 가까운 특유의 빈곤 문화가 있으며, 회피와 갈망이 교차하는 문화라고 할 수 있다. 인생을 변화시키는 한순간의 경험을 의미하는 에피파니(epiphany)의 순간은 어디에도 없다. 이 점에서 작품 속 모티프로 작용하는 '선녀와 나뭇꾼' 이야기는 아떼에게 일종의 하나의 코리안 일루션(illusion) 같은 것으로 작용한다고 보아도 좋으리라. 이 작품을 보며 미국의 힐빌리 문화를 묘파한 J.D.밴스의 『힐빌리의 노래』(흐름출판, 2017)에 등장하는 '학습된 무기력'이라는 말이 연상되는 것은 어쩌면 너무나 당연하다. 작품 속 아떼의 선택과 가혹한 운명에 눈길이 오래 머무는 것은 그 때문인지도 모르겠다.

「아떼」가 이른바 국제결혼여성의 덫에 걸린 듯한 운명을 다룬 작품이라면, 「동태 대가리」는 의처증 걸린 남편을 철저히 응징하고 복수한다는 내용의 작품이다. 물론 남편 '한'의 의처증에는 그 기원이 있다. 남편의 아버지가 중동에서 가족들의 생계를 위해 일을 할 때 어머니가 불륜을 저질렀다는 점이다. 결국, 남편은 강박증세와 같은 지독한 결벽증에 포박되고, 자기만의 고립을 자처한다. 주인공인 '나'에게 갖은 폭력을 행사하고, 장인의 유골함조차 함부로 취급하는 것을 서슴지 않는다.

이러한 작품 줄거리에서 보듯이, 김경숙은 이 작품뿐만 아니라 소설집에서 가족 내지는 가족 관계를 다루는 지향점이 결코 '기획된 가족'(조주은)을 연출하는 데 있지 않다. 어쩌면 가족 관계에 관한 한, 특정한 계층 간에 작동하는 마음의 불문율이 존재하는 것을 알 수 있다. 무의식이라 해야 할까. 자신이 경험하거나 혹은 자신이 속한 사회경제 계층의 불문율을 습관적으로 따른다고 할 수도 있을 법하다. 이 점에서 가족(관계)을 다루는 작가 김경숙의 시선이 더 확장되고 더 섬세해질 필요가 있다. 특히 자녀 교육을 통한 계급재생산에 관심이 높은 중산층 가정에서 자녀들을 '재산'과 '교양'을 가진 개인으로 양육하려는 가정관리 시스템과 일상의 문화가 작동하고 있는 작금의 세태를 더 충실히 탐사할 필요가 있다. 그렇지 않고서는 자본주의만 살아남고 '사회적인 것'은 죽어버린 시대에 가족이 뿔뿔이 해체될 뿐만 아니라 자녀의 계급재생산도 실패하리라는 경제적 공포에 기반한 감정의 분위기를 충실히 재현하기는 어려울 수 있다. 특히 누구랄 것 없이 압축적 시간 경험을 온몸으로 살아내고 있는 지금의 여성들의 삶을 탐사하는 것이 더 필요하다고 나는 생각한다. 여성들의 일상 자체가 노동 시간화하는 등 일과 일 아닌 것 사이에 일체의 '경계 없는 시간'으로 변질되고 있는 실상에 섬세히 접근할 필요가 있다.

물론 「동태 대가리」의 문제의식은 지금 세대보다는 부모님

세대의 삶을 조망하려는 데 할애하고 있는 점을 모르지 않는다. 그러나 더 중요한 것은 지금의 가속화하는 시간의 양태를 응시하고, 노동하는 주체의 주체성을 생산하는 베이스캠프로서 가정을 '요새화'하고 있는 현상이다. 아이들 또한 미래의 노동자로서 노동을 향한 내면화된 자기 강제의 규율을 스스로 부여하면서 이른바 근대 주체들이 가정에서부터 철저히 양육되는 점을 주목해야 할 필요가 있다. '가족 생활의 테일러즘화'라고 부를 수 있는 최근의 가속화하는 가족 관계의 변화를 응시하고 탐사해야 할 이유가 있는 것이다. 오히려 포스트-신자유주의를 향한 우리들의 새로운 욕망을 구성하고 상상할 수 있는 성찰의 지침서 같은 작품이 탄생하기를 나는 바란다.

4. 상한 영혼을 위하여

이 소설집에서 또 하나 간과할 수 없는 특징은 '환상'이라는 장치가 소설의 주요한 장치로 활용된다는 점이다. 이 점은 「아무도 없는 곳에」와 「개다리소반」에서도 드러난 바 있지만, 특히 「팥죽」과 「길례 언니」에서 두드러진다. 특징적인 것은 김경숙 소설에서 환상이라는 장치가 산 자(살아남은 자)와 망자를 연결하고 한 판의 굿 형식이 되고 있다는 점이다. 김경숙은 자신의 소설이 해원을 위한 글쓰기가 되는 것을 꿈꾸고 있고, 그 자신 또한 일종의 무속의 심방 역할을 자처한다는 점을 알 수 있다. 「팥죽」이 망자의 시점에서 살아남은 살풀이 민화 전수자인 연희와 구화의 기구한 운명을 다루고 있다면, 「길례 언니」는 이른바 위작(僞作) 작가인 '나'의 시점에서 한국과 베트남 땅에서 계속되는 여성 수난사의 문제를 이른바 일본군 성노예였던 '길례 언니'와 베트남전쟁 당시 위안부였던 '추앙'의 삶이라는 운명극을 통해 드러내고 있다. 여기서 알 수 있듯이, 김경숙이 환상이라는 장치를 활용하는 데에는 묵히고 묵혀 채 발화되지 못한 어떤 한(恨)을 풀고자 하는 의도가 읽혀진다.

두 작품 다 환상을 주요한 문학적 장치로 활용하고 있지만, 「팥죽」의 경우 무속적 환상의 세계에 더 가깝다고 할 수 있다. 특히 작품 속 연희-구화로 이어지는 두 여성의 신산했던 삶의 시간성이 거의 소거된 것처럼 보이는 것에서도 확인된다. 작품 화자인 '나'는 살풀이 민화가로서 지금은 망자가 된 신세이다. 생전에 나는 아들인 '수'를 위해 연희와 짝을 지어주었으나 수는 불을 지르고 결국 죽고 만다. 연희는 나의 아이를 임신한 뒤 떠나고, 연희와 구화는 유곽에서 질긴 삶을 살아간다. 민화를 그리는 재주는 연희보다 구화에게 전수되고, 구화는 인간문화재 못지않은 솜씨를 뽐낸다. 구화가 그리는 민화는 길상화와는 다르다. '나'의 전수자를 자처하는 '민 교수'가 위선자로서의 면모를 보이는 것과 사뭇 다르다.

> 길상화와 민화는 복을 비는 의미는 같지만, 복을 비는 대상이 다릅니다. 민화는 민초들의 한을 극복하고 고통을 견뎌내기 위한 그림입니다. 수만 가지 번뇌를 그리려면 수만 가지 아픔을 공감할 수 있어야 합니다. 그래야 비로소 민초들의 소망을 민화로 그릴 수 있습니다. 그런 의미에서 길상화와 민화는 다른 장르라고 생각합니다.

어쩌면 열여덟 살 구화의 위 진술은 엄마인 연희가 유곽에서 일할 때 홀로 고립된 방에서 민화를 그리던 심중(心中)의 생각을 표현한 것이라고 보아도 좋을 것이다. 효에 관한 설화에 등장하는 잉어 이야기라든가, "민화 속에 아빠 신이 있어. 아빠가 우리 구화를 구하러 옥탑방으로 찾아올 거야"라는 진술에서 그런 추측은 가능해진다. 구화의 이 진술을 엿듣고 구천을 떠도는 화자인 '나' 또한 자신의 삶과 예술이란 "민초들의 한을 알기는커녕 (아들인-인용자) 수마저 제대로 품지 못한 천륜을 저버린 아비"라는 깨달음을 얻는다.

하나 아쉬운 것은 「팥죽」의 경우 '시간성'이 소거되어 제시된다는 점이다. 그래서 작품 속 상황이 초시간적이고, 초역사적인 조건으로 보인다는 것이다. 화자인 '나'가 망자가 된 지

십칠 년 되는 해라는 작품 설정은 업(業, Karma)의 대물림이라는 상황을 드러낸다는 측면에서는 이해되지만, 인간의 인간성을 구현하고 복수와 용서의 변증법을 드러내려는 소설 형식 측면에서는 아쉬운 지점이 없지 않다. 다시 말해 인간이 먹고 사는 행위를 삶의 수레바퀴로 이해하게 만드는 것이 어쩌면 소설의 유구한 형식 아니던가. 소설은 업(業)을 말할 수 있지만, 현재성을 띠어야 한다는 점을 기억해야 마땅하다. 흥미 있는 점은 「팥죽」에서의 망자 화자의 장탄식이 「길례 언니」에서의 '나'의 반성과 흡사하다는 점이다. 「팥죽」의 '연희'가 「길례 언니」의 '후앙'과 같은 인물과 오버랩되는 것도 퍽 흥미롭다.

「길례 언니」는 신예작가 김경숙의 사회역사적 상상력이 가장 잘 드러나는 작품이다. 이른바 일본군 성노예 문제와 베트남전쟁 당시 여성 위안부 문제를 동시에 껴안으면서 기억과 양심의 문제를 환기하고 있는 수작이다. 평생 이발소 그림을 그리며 소위 삼각지 화가로 지내온 '나'가 Y 화백의 위작 작가로 살아온 자신의 가짜 예술가로서의 인생을 반성하며 과거와 결별하겠다는 것이 작품의 기본 플롯이다. 여기서 환청 같은 환(幻)의 상상력이 중요한 모티프로 작동하는 것이 퍽 인상적이다.

'나'는 Y 화백의 일주기를 맞아 열리는 전시회에 참석하기 위해 상경한다. Y 화백은 맹호부대 일원으로 베트남 전쟁기록화를 그렸고, 나는 그런 Y 화백의 작품을 위작(僞作)했다. 결국, Y 화백은 붓을 놓게 되었고, 나는 그로 인해 양심의 가책을 느낀다. 그러나 작중 삼각지 '최 사장'은 위작 당시나 지금이나 그 문제의 진실은 물론이고, '위안부' 문제의 실상을 더 알고자 하지 않는다. 어쩌면 작중 최 사장은 친숙한 것을 다시 낯선 것으로 바꾸고, 이전에 알았던 것을 '탈학습'해야 할 위급함과 필요성을 보여주는 예가 아닐까 한다. 다시 말해 우리 안의 천박한 낙천성을 표상하는 존재라고 보아야 옳다. 작품에서 인상적인 대목은 일본군 성노예였던 '길례 언니'와 베트남전쟁 당시 이른바 위안부였던 '후앙'의 운명이 크게 다를 바 없다는 사실을 병치시키는 김경숙의 솜씨이다.

> 사십오 년간 짓눌러 감추어 온 이름이 불쑥 튀어 나왔다. 추앙은 내가 탄 헬기에 오르려고 기를 쓰며 매달렸다. 나는 그때, 그토록 악착같이 매달리는 추앙이 지겨웠다. 나는 추앙을 사정없이 밀쳐냈다. 그때 추앙의 배도 저 여자처럼 불러 있었다. 사람의 마음이란 있을 때 마음과 떠날 때 마음이 그토록 다르고 변덕스러웠다. 조금 전까지 서 있던 젊은 부부의 모습이 보이지 않았다. 헛것이 보였던 것일까. 나는 Y 화백의 베트남 전쟁기록화 작품을 지나 소녀상 앞에서 발을 멈췄다. 노란 원피스를 입고 머리에 수국을 꽂고 있는, 내가 위작한 작품이었다. 제목은 '길례 언니'

였다. 나는 기내에서 노파가 들려준 길례 언니 이야기를 들으면서 그 이름이 나와 연관된 것일 거라고는 생각하지 못했다. 노파가 기내에서 들려준 길례 언니와 Y 화백의 그림 속에 길례 언니가 동일인물이란 생각이 뒤늦게야 들었다.

위의 인용에서 보듯이, 김경숙은 일제에 의한 '계속되는 식민주의' 문제가 이제는 한국이 가해자가 되어 베트남땅에서 계속되고 있음을 문학적으로 환기한다. 이른바 '위안부' 문제는 한국문학 현장에서 하근찬의 장편 『야호(夜壺)』(1972)를 비롯해 김숨의 『한 명』(2016) 같은 작품에서 간헐적으로 등장했을 뿐 거의 다루어지지 않았다. 김경숙의 「길례 언니」는 인간, 사회, 역사, 문명에 대한 인간의 '책임'을 묻는다는 면에서 매우 귀하다. 작품 말미에 작중화자가 집으로 곧장 가지 않고, 오로지 자기 자신으로 살기 위해 법원 행을 선택한 것은 무엇이 좋은 삶인가를 되묻고자 한 대목이 아닐 수 없다. 작중화자가 "나는 그림뿐 아니라 양심까지 위작하며 살았다"라고 술회하는 대목은 '영혼이 병들면 행복할 수 없다'고 한 아리스토텔레스의 좋은 삶에 대한 철학을 연상시킨다. 한 편의 중편에 이처럼 묵직한 사회역사적 상상력을 오롯이 담아내기에는 그 한계가 너무나 분명하다는 점에서 장편 형식을 빌려 새로운 도전을 해보면 어떨까 싶다.

모두(冒頭)에 말한 것처럼, 신예작가 김경숙은 우리가 사는 리얼한 세상의 이면을 응시하려는 겹눈을 가진 작가라고 할 수 있다. 첫 소설집 『아무도 없는 곳에』에서는 유독 한(恨)과 분노의 정서가 두드러지게 나타나고, 소위 행정의 언어에 대항하고자 하는 인간의 말과 온기가 더 강렬하게 감지된다. 이 점은 작가 김경숙의 천성이랄 수도 있지만, 세상에 대한 작가의 인식이 '투쟁-도피(Flight Or Fight Response)' 반응을 보이는데 익숙해져서 그런 것일 수도 있다고 조심스럽게 진단해본다. 한과 분노의 상태로부터 벗어나기 위한 자기 구원으로서의 글쓰기를 추구한 결과라고 이해할 수 있으리라. 「가면」에 등장하는 미리암이 모세를 위해 한 끼의 '밥'을 지어 같이 먹는 행위가 유독 잊히지 않는 것도 그런 이유와 무관하지 않다.

한 권의 책을 출간하면서 스타일의 변화를 추구하는 것도 필요할 것 같다. 어떤 의도를 갖고 써야겠다고 미리 기획해서 쓰는 것도 필요하겠으나, 이제는 내 안의, 우리 안의 미시권력에 저항하면서 내 삶의, 우리 삶의 변화를 응시하고 모색하는 글쓰기를 시도하는 것도 필요해 보인다. 여하튼 김경숙은 첫 소설집 『아무도 없는 곳에』를 통해 한 사람의 작가로서 스스로 서기를 시도하고 있으며, 스스로 설 수 있는 사람만이 함께 설[聯立] 수 있다는 점을 입증하려 한다. 무엇보다 작가로 사는 인생길을 묵묵히 걷기 위해서는 유머 감각과 용기를 절대 잊어서는 안 되리라. 故 고정희 시인의 시를 인용하며 글을 맺을까 한다. "외롭기로 작정하면 어딘들 못 가랴/ 가기로 목숨 걸면 지는 해가 문제랴". (「상한 영혼을 위하여」)